KB177308

추억이 퐁퐁 솟아나는 옹달샘

추억이 퐁퐁 솟아나는 옹달샘

1판 1쇄 발행 | 2021년 1월 15일

지은이 | 이영순
발행인 | 이선우
펴낸곳 | 도서출판 선우미디어
　　　　등록 | 1997. 8. 7 제305-2014-000020호
　　　　130-100 서울시 동대문구 장한로12길 40, 101동 203호
　　　　☎ 2272-3351, 3352 팩스: 2272-5540
　　　　sunwoome@hanmail.net
　　　　Printed in Korea ⓒ 2021. 이영순

값 13,000원

※ 잘못된 책은 바꿔 드립니다.
※ 저자와의 협의하여 인지 생략합니다.
※ 이 도서의 국립중앙도서관 출판예정도서목록(CIP)은 서지정보유통지원시스템 홈페이지
　　(http://seoji.nl.go.kr)와 국가자료공동목록시스템(http://www.nl.go.kr/kolisnet)에서 이용하실 수
　　있습니다.(CIP제어번호: CIP2020054035)

ISBN 978-89-5658-654-0 03810

77세에 글쓰기를 배워 90세에 펴내는 수필 & 시

추억이 퐁퐁
솟아나는 옹달샘

이영순 지음

선우미디어 sunwoomedia

책머리에

먼저, 대한민국에서 태어난 것을 감사드립니다. 한국에서 태어나 살림만 하던 무지한 가정주부가 글을 쓰다니…. 생각만 해도 놀라운 일입니다. 분당노인복지관이 창립되자 제2의 삶을 꿈꾸며 노년의 생활을 즐기기 위해 배움의 길에 뛰어든 결과였습니다.

이 글은 매일 일기를 쓸 정도인, 졸수를 목전에 둔 사람이 친구들에게 편지나 쓰는 솜씨로, 제목을 정하여 글로 엮어본 소박한 글입니다. 정서가 메마른 서울보다 정이 넘치는 농촌, 자연이 춤추는 그곳이 풍요로운 글감을 주었습니다. 시댁이 시골이었고, 남편의 직업이 군인이어서 자연 속에서 지낼 수 있는 날이 많았습니다. 글은 숨김없는 진실한 마음으로 삶을 그려야 제 맛이 난다고 배웠습니다. 사경을 헤매면서도 나목이 되어, 아낌없이 정성껏 혼신을 다해 쓴 부끄러운 글입니다.

1부에서 4부까지는 산문, 5부는 운문을 실었습니다. 글을 쓴 기간은 십여 년이 넘었습니다. 가지고 있는 작품 중에서 산문 40편, 운문 약 30편을 선정했습니다. 이런 부족한 글을 누가 읽어줄까 싶어, 여러 번 망설이고 망설였습니다. 그래도 내 인생을 정리해본다고 생각하며, 엮으려는 용기를 냈습니다.

지금껏 문학과 글쓰기를 가르치고 도와주신 최명숙 선생님과 정난희 선생님에게 감사드리며, 전적으로 힘이 되어주신 남편에게 깊은 고마움을 표합니다. 책을 출간해 주신 선우미디어 이선우 대표님과 직원들께도 감사한 마음을 전합니다.

2020년 겨울
이영순

차례

책머리에 ······ 4

[수필]

1 아버지의 벽시계

새댁의 고향, 무수막 ······ 12

그 말밖에 모르는 사람같이 ······ 17

용마 ······ 21

아버지의 벽시계 ······ 28

점녀와 쌀 ······ 33

한식명절 ······ 36

보고 싶은 사람들 ······ 41

반세기 전의 추석 ······ 45

증발된 목소리 ······ 51

소중한 것 ······ 56

완전한 포기는 없어 2

쓸모 있는 손톱 ⋯⋯ 62

요가는 즐거워 ⋯⋯ 67

2015년 11월 4일, 오늘의 일기 ⋯⋯ 70

즐거운 수요일 ⋯⋯ 74

오는 정 가는 정 ⋯⋯ 79

식이요법 ⋯⋯ 83

완전한 포기는 없어 ⋯⋯ 88

변해버린 설날 ⋯⋯ 92

추석 ⋯⋯ 97

심화반 생일 ⋯⋯ 101

하얀 거짓말 3

질경이 ⋯⋯ 106

하얀 거짓말 ⋯⋯ 109

다람쥐와 경로당 ⋯⋯ 113

요양원과 내 꿈 ⋯⋯ 117

혼란스런 복숭아 ⋯⋯ 121

다양한 죽음 ······ 126

사라진 한의원 ······ 131

텃세 ······ 136

대조적인 두 며느리 ······ 140

이웃사촌 ······ 146

4 **두 눈사람**

여행은 좋은 것이야 ······ 152

드라마의 한 장면 ······ 159

역사의 슬픈 그림자 ······ 162

두 눈사람 ······ 168

나의 고종명 ······ 173

오묘한 맛 ······ 178

삶의 수선 ······ 183

믿을 수 없는 이야기 ······ 189

아름다운 추억 ······ 196

아름다운 추억, 하나 더 ······ 201

[시]

슬쩍 가면 돼   **5**

벚꽃 ······ 206

눈치와 곡해 ······ 207

식구 ······ 208

여가와 일과 ······ 210

왜 묻지 ······ 212

마음 ······ 214

마무리 ······ 215

해볼까나 ······ 216

앗, 실수 ······ 218

쌍무지개 ······ 220

개구쟁이 ······ 222

보일까 ······ 223

돌아온 편지 ······ 224

고목 ······ 226

老子의 말씀 ······ 227

나이를 먹는다 ······ 228

삶 ······ 230

어두운 밤 ⋯⋯ 231

세월 ⋯⋯ 232

짐이요, 짐 ⋯⋯ 233

눈을 떠볼까 ⋯⋯ 234

거울 ⋯⋯ 235

슬쩍 가면 돼 ⋯⋯ 236

시간 ⋯⋯ 238

불가능 ⋯⋯ 239

흑자와 적자 ⋯⋯ 240

겨울 ⋯⋯ 241

사진 ⋯⋯ 242

결혼기념일 ⋯⋯ 243

밤에 피는 행운목 ⋯⋯ 244

오늘도 배운다 ⋯⋯ 246

1

아버지의 벽시계

새댁의 고향, 무수막

앞산은 부용산, 뒷산은 기엽산. 온통 산으로 둘러싸이고 하늘만 빼꼼한 마을 무수막(無愁幕)이 있다. 이름도 아름다운 '근심 없는 마을'이다. 마을 앞에는 시냇물이 흐른다. 안온한 맛을 풍기는 잊지 못할 고향이다.

3년밖에 못 살았던 고향, 그것도 150여 일밖에 살지 못했던 고향이 이렇게 그리울 줄 몰랐다. 추석 명절에 고향에 가면 음력 구월 스무여드레가 할머님의 기일이어서 45일 정도 지냈고, 시아버님 기일이 음력 섣달그믐이고 다음날이 설 명절이어서 약 5일 정도 머물던 곳, 무수막은 통틀어 150여 일밖에 살지 못한 남편의 고향이다. 정확하게 말하면 시댁의 본가가 있는 곳이다. 새댁은 그곳에 대해 황홀한 기억만 생생하다.

고향 무수막에는 네 식구가 살고 있었다. 어머님과 두 시동생 그리고 농사일을 돕는 머슴 양은이 아저씨가 있다. 아저씨는 조금 모자랐는데 마음씨가 몹시 따뜻했다. 열 살짜리 시동생은 "도련님, 도련님." 하고 부르는 소리에 기분이 좋은지 새댁을 무척 따랐다.

새댁의 남편은 6·25 때 학도병에 지원하였다가 직업군인이 되었다. 자유인이 아니었다. 나라에 몸 바친 군인은 마음대로 행동할 수 없다. 그는 아버님이 별세한 것도 알지 못할 정도로 군에 충성을 다했다. 우리는 1953년 7월에 서울에서 결혼하였는데 그해 섣달그믐날 아버님 탈상 때에야 휴가를 얻어서 첫 고향방문을 하였다. 음성읍을 지나 논밭 길을 걸어가면 저수지가 있고 깔딱고개를 넘어서면 아담한 40여 채의 초가집 마을이 무수막이다.

어머님은 새댁을 맞이하러 집 단장을 하시며 기다리신다. 방에는 꽃무늬 벽지에 방바닥은 흙을 발라 콩기름으로 유리알같이 반짝이게 장판을 만든다. 새댁이 자란 고래등 같은 기와집에 비할 바가 아니다. 마을 사람들의 순박함과 진실함이 엿보이는 것을 무엇으로 표현할까. 새댁은 무수막이 마음에 들었다.

아버님 탈상 날 남편의 슬픈 울음소리에 새댁은 자신도 모르게 그가 불쌍하여 눈물을 흘렸다. 순진한 촌사람들이 보지도 못한 시아버님을 그리며 우는 줄 알았는지 새댁에 대한 칭송이 대단했다. 전화도 없던 시절인데 금세 이웃마을까지 퍼져 전달되는 따뜻한 마음을 가진 무수막 사람들이다.

새색시는 아침에 일어나 거창하게 앞치마를 두르고 부엌에 들어간다. 그러나 할 줄 아는 일은 하나도 없다. 아궁이에 불 때는 일도 설거지도 할 줄 몰랐다.

부엌에서 불을 땔 때는 요령이 있어, 불을 적절히 이용해야 된다는 것도 모르는 새댁이다. 통나무는 방고래 속에 밀어 넣고 초입에서 가는 나뭇가지로 풍구질을 하며 불을 땐다. 밥이 끓으면 불타는 나무는 고무래로 고래 속으로 밀어 넣고 남은 불로 뚝배기를 얹어 된장을 끓이고, 고등어자반도 굽는다. 밥이 완전히 되면 화로에 숯불을 담아 된장 뚝배기를 올려놓아 방으로 가지고 들어간다.

어머님은 요술쟁이 같다. 가마솥 뚜껑을 열면 계란찜, 호박잎, 풋고추찜, 가지 등 수도 없이 나온다. 거기에 양념간장만 뿌리면 훌륭한 반찬이 된다. 설거지도 지방질이 별로 없어 애벌 설거지 물은 소죽에 보탬이 되며, 이듬 물은 버려도 되는 것도 모르는 새댁이었다. 양은이 아저씨는 물지게로 부엌에 묻어 놓은 독에 물을 가득 부어 놓는다. 어머님이 "너는 일은 안 하고 물만 길어 오느냐."고 야단을 치신다. 그러면 아저씨는 "서울아씨는 물을 많이 쓰셔서…." 하면서 코를 벌름거리며 웃는다. 새댁이 몰래 설탕물 한 대접 타서 주면 단숨에 들이마시던 양은이 아저씨도 고향을 그리워하게 하는 추억 속의 인물이다.

오촌당숙모가 점심 먹으러 오라고 해서 갔더니 부뚜막에 신발 신은 채로 한 발을 올려놓고 큰 나무 주걱으로 떡치듯 밥을 치댄다. 새댁은 무슨 밥을 저렇게 요란스럽게 할까 하고 보니, 감자와 깡보리로 지은 밥이었다. 감자 으깨는 것은 보리밥을 축축하게 만들기 위해 하는 작업이었다. 감자보리밥에 된장국과 김치뿐이지만 처음 먹어보니 맛은 일품이었다. 이 또한 무수막 아니면 못 볼 정경이자, 고향의 맛이다.

어머님도 어느 날 "우리 집에서 점심 먹자. 우리 애기 솜씨가 좋아. 내가 만들어 놓은 거 애기 손만 가면 무척 맛이 있어져." 하며 자랑하신다. 60년대에는 우리나라 조미료가 없었다. 일본 제품만 있을 뿐이었다. 백화점에서만 판매했다. 새댁은 언제고 친정에 가면 슬쩍 가져와서는 시댁에 갈 때 잊지 않고 가져간다. 그리고 아무도 모르게 조금만 친다. 그러면 맛이 확 달라진다. 어머님은 새댁의 극비도 모르고 자랑을 하신다. 마을 어르신들은 식사를 하시며 맛이 좋네, 공부하느라고 음식도 못 배웠을 텐데, 역시 배운 사람은 다른가? 하시며 달게 잡수신다. 새댁은 돌아서서 배꼽을 잡고 웃음을 참는다.

오늘은 콩 터는 날이다. 마당에 멍석을 깔고 도리깨질을 한다. 가만히 보니 '곤봉놀이' 하는 것 같아 "나도 해볼게요." 하고 덤비니, 놀라는 사람들 앞에서 도리깨를 높이 휘둘러 탁하고 콩에게 내리치니 콩깍지가 터진다. 한참 신나게 휘두르고 나니 대문 앞에 구경꾼들이 몰려 있다. 방송시설도 없는데 어떻게 알았을까. 소문은 꼬리에 꼬리를 물어 아무개네 집 며느리는 못하는 게 없다는 칭송으로 동네를 떠들썩하게 만든 새댁이었다.

이유도 조건도 없이 무조건 사랑하던 시대는 지나갔다. 지금은 며느리들이 시청도 돌아가고 시금치도 안 먹을 정도로 시댁을 기피하는 시대가 되었다. 왜 이렇게 변했을까. 사랑은 맹목이어야 한다. 지금 세대는 자기 자식에게는 맹목적이면서 부모를 섬기는 시대의 이야기를 구석기시대 이야기라고 한다. 시대가 변천하고 있다. 지구가 돌듯이 사랑도 도는 것일까.

그렇게 아름답고 정이 넘치는 무수막도 이제는 폐허가 된 듯하다. 서글프지만 지나간 과거는 아름다운 것 그리고 추억을 먹고 살고픈 새댁에게는 온천지가 변하여도 6, 70년 전 무수막의 기억은 영원히 변하지 않을 것 같다.

그 말밖에 모르는 사람같이

온 집안에 한약 달이는 냄새가 진동한다. 어머님이 몸이 불편하실 때면 어느 때고 한약으로 몸을 다스리신다.

연탄 화덕에 약탕기를 올려놓고 약 한 봉지 털어 넣으며, 물을 그득 부어 약봉지로 돌돌 말아 뚜껑을 만들어 김이 모락모락 오르면 화덕 밑 마개를 닫는다. 그리고 연탄 위에 무쇠로 만든 뚜껑을 올려놓는다. 뚜껑에는 10월짜리 동전만한 구멍이 뚫려 있다. 그 위에 삼발이를 올려놓고 뜸을 푹 들여 한 대접이 되도록 달인다.

질그릇으로 되어 있는 약탕기는 그 내용물이 보이지 않는다. 그래서 자주 들여다보며 정성을 다해야 하는데 집안 일이 많은 나는 약탕기만 들여다 볼 수 없는 형편이다. 연탄화덕은 아무리 화력을 조정하려 해도 말을 듣지 않는다. 그래서 변변치 못한 나는 자주 약을 태워 먹곤 했다.

약이 타면 고약한 냄새가 나고 집안 분위기는 얼음장같이 싸늘해진다. 나는 연탄 화덕이 원망스러웠고, 어머님이 한약만 고집하시는 것도 야속스러웠다. 그때마다 맹세했다. 나는 절대로 한약을 먹지 않을 거라고. 이것이 시집살이의 응어리 때문이었을까. 나는 쌍화탕도 우황청심환도 더욱이 한약 한 첩도 먹지 않았다.

어머님이 감기몸살을 앓으시면 닭 한 마리에 찹쌀, 대추, 마늘, 황기, 인삼을 넣고 실로 꽁꽁 묶어 푹 삶아서 큰 놋대접에 그득히 담아 드리곤 했다. 국물까지 다 잡수신 어머님께서는 이불을 덮고 땀을 푹 내고는 거뜬히 일어나셨다. 건강 체질을 타고나신 어머님이었다. 이제 생각하면 다행스럽고 고마운 일인데, 그때는 철없이 그것도 시집살이라고 여겼으니 한심하고 부끄럽다.

1986년 그 해, 어머님은 울산 딸네 집에서 겨울을 지내고 싶다며 가셨다. 시누님은 오랜만에 만난 어머님을 지극정성으로 모셨다. 더워하시면 차가운 식혜, 쌀쌀하면 따뜻한 단술을 드시게 하고, 좋아하시는 찬으로 식사를 하게 하고, 틈틈이 간식까지 부지런히 챙겨드렸다. 그것이 화근이 될 줄 누가 알았을까.

1986년 12월 24일 밤에 어머님이 위독하다는 전화가 왔다.

어머님이 평소에 병원에 한 번도 가시지 않은 것이 원인이었다. 칙사 대접을 받아도 기운이 없다고 하시는 어머님을 따님이 병원에 모시고 갔다. 시골 병원에서 검사도 없이 포도당을 맞고 혼수상태에 빠지셨다. 즉시 서울로 모셔 와서 응급처치를 하니 혈당수치가 500에서 600이었다. 아주 위험한 상황이었다. 응급실에서 3일간 계속 혼수상태에 계셨다. 우리는 어머님 임종도 못 지킬 것 같아 병원 측에 의뢰하여 특실로 옮겼다. 다음날 온 가족이 지켜보는데, 심장박동기가 삑 소리를 내며 0을 가리켰다.

"운명하셨습니다."

의사가 말했다.

모든 식구들이 울며 어머님을 불러봐도 대답이 없으셨다.

남편이 먼저 어머님께 인사를 올리고 순번대로 인사를 올렸다. 내 차례가 되었다. 나는 머릿속이 하얗게 비워졌는지 아무 생각이 나지 않았다. 어찌해야 좋은지, 어떻게 해야 할지, 어머님의 따뜻한 손을 붙잡았다.

"어머님, 잘못했어요. 어머님, 잘못했어요."

나도 모르게 저절로 나오는 말은 그뿐이었다. 그 말밖에 모르는 사람같이 되풀이하면서 울부짖었다.

내가 시집올 때, 어머님은 마흔세 살이었다. 40년을 동고동

락한 어머님과 고운 정 미운 정이 흠뻑 들었음인지, 마지막 길에 이렇게 눈물이 솟아날 줄 나도 몰랐다.

장례를 치르고 난 후, 남편은 그때는 바른 말 하더라며 우스갯소리를 했다. 참으로 무의식에서 나온 말이 진심의 말이었을까. 다시 생각해봐도, '참으로 어머님께 잘못했습니다.'란 말이 저절로 나온다.

건강하게 살다 가신 어머님! 내가 복이 많아서인가, 어머님이 복이 많아서인가.

장례를 마친 하늘은 갑자기 어두워지더니 하늘에서 흰 솜털 가루가 뿌려졌다. 이 날개 저 날개 덮어주시던 어머님이 온천지를 따뜻한 솜털 같은 눈으로 하얗게 포근히 덮어주셨다.

용마

　태풍이 오려나. 비바람이 몰아치던 날, 용마(龍馬)가 우리 집에 입양되었다. 용마는 우리가 키우던 개이다. 그런데 나의 부주의로 우리 곁을 떠났다.

　삼십여 년 전, 우리는 상도동 산중턱에 살고 있었다. 호랑이 담배 먹던 시절이었던가. 삼백 평이 넘는 곳에, 언덕이 있고 넓은 숲이 있는 곳에 작은 보잘 것 없는 집이었다. 국유지라고 한다. 복덕방에서 이다음에 불하를 받으면 우리 땅이 될 수 있다기에 무조건 샀다.

　비가 억수같이 쏟아지는 뒷동산을 하염없이 바라보던 아들은 개 키우는 게 소원이란다. 족보가 있는 개로 독일이 원산지인 '그레이트 덴'이라는, 개 중에서도 가장 큰 개 종류인 '할리퀸'이라는 점박이 개로, 두 마리만 있으면 멧돼지 사냥도 할 수 있다는 종이다. 운동을 안 시키고 묶어 기르면 성질이 포악해진다. 모습은 '도베르만'과 같고 몸집은 '도베르만'의 두 배 정도나 된다. 할리퀸이라는 개는 영리하며 대단한 충견이란다. 몸집이 커서 집에서 키울 수는 없는 개다. 가족회의 결과 아들 대학 입학기념으로 입양하기로 했다. 한 달도 안 된 개라는데 몇 년 자란 진돗개보다 크다. 할리퀸은 털이 희고 긴 다리에 배가 홀쭉하여 늘씬했다. 이국 냄새를 풍기는 인물 좋은 미남인 할리퀸이 들어서는 순간, 우리는 '와!' 하며 감탄했고, 금세 매혹 당했다. 아들은 '용마'라고 이름 지었다.

소화불량으로 입원했던 용마여서 영양이 풍부한 음식으로 조심해서 먹여야 된단다. 사람도 배불리 못 먹는 때인데, 상전이 나타났다. 용마의 식사는 보리밥 한 대접이 한 양푼으로 늘어나더니, 한 달 지나 큰 양푼으로, 석 달 후에는 작은 대야로 늘어났다. 다섯 달이 되니 큰 대야에 가득 주어도 그릇을 내동댕이치며 핥아먹었다.

나는 바빠졌다. 아침에는 야채가게 가서 버리는 야채를 주워 오고, 저녁에는 생선가게 가서 버리는 생선 찌꺼기를 얻어왔다. 딸은 직장에서 회식을 하게 되면 남는 것이나 남이 먹던 것까지 부끄러움을 잊고 얻어왔다. 회식이 자주 없으면 대형 고기 집에 부탁하여 폐기하는 뼛가루, 껍질, 부스러기 등 사료공장으로 가는 것을 사오고, 나는 이웃집의 음식물까지 얻어왔다. 온 식구가 용마의 노예가 되어 사는 것 같았다. 그래도 창피하다는 생각이 들지 않았다.

무더운 여름이 지나고 산들바람 불어오니 용마는 청소년이 되었다. 윤기가 흐르는 미끈한 몸매에 모두 반해버렸다. 경마인가, 조롱말인가, 예쁜 말 같은 용마가 뒷동산을 누비고 다녔다. 영화를 보는 것 같았다. 사진을 한 장 찍어 두어야 했는데, 그때는 생각도 못했다. 너무 바빠 살아서 그랬을까.

용마는 자기 주인이 누구인지 잘 알았다. 아들이 학교에서 돌아올 시간이면 대문 앞에서 꿈쩍도 안 했다. 아들이 들어서면 목불인견이다. 맵시 있는 다리를 아들 어깨에 올리고 서로 얼싸안고 빙글빙글 돌며 뽀뽀도 한다. 저렇게 좋을 수가 있을까. 용마에게 애정을 느끼며 사랑을 주는 아들 모습을 보며, 입양하기 잘했다는 생각이 들곤 했다. 날이 어두워지면 용마의 친구이자 아들의 친구들이 온다. 그들은 운동과 훈련도 시켜야 한다며 초등학교 운동장에 가서 새벽에야 돌아온다.

"밤새 무슨 훈련을 시키니? 용변 보는 훈련이나 시켜."

하루에 세 대야씩 먹어대는 용마의 배설물은 장난이 아니다. 온 집안은 용마의 실례로 말이 아니었다. 그걸 치우는 건 오롯이 집안에 있는 내 차지가 되고 만다.

"용마야, 이것이 네 화장실이야. 알았지?"

내 말을 들은 아들은 마당에 구덩이를 깊게 파고 말했다.

용마는 며칠 동안 용케도 아들이 만들어준 제 화장실에서 볼일을 보았다. 아들이 바빠 그냥 나가는 날은 도로 마찬가지였다. 나는 용마가 미워지기 시작했고, 그 녀석의 식사를 챙기는 일도 힘이 들었다. 아들에게 사정을 했다. 어디 다른 곳으로 입양 보내자고. 아들은 듣는 둥 마는 둥 마이동풍이었다. 나는 솔직히 용마가 그렇게 한없이 자라는 개인 줄은 몰랐다. 청년이 되려면 아직도 멀었고 더 큰다고 하니 기가 막혔다. 어떡하지? 지금도 힘에 겨워 내 능력 밖인데. 생각하니 끔찍했다.

봄소식을 전하려 등나무에서 보라색 꽃이 주렁주렁 달리고 벗꽃이 지면 라일락이 온 집안을 향기롭게 만드는데, 장미 목단 수선화 나팔꽃 봉선화 맨드라미가 용마의 발아래 짓밟혀 죽어갔다. 매서운 겨울 추위를 견뎌내고 새봄을 기다리다 나온 생명인데 안타까웠다. 집 마당은 엉망진창 아수라장이 되고 말았다.

삼십 년 전에는 쥐가 많았다. 아이들 학교에서 쥐꼬리를 가지고 오라고 할 때다. 용마는 쥐를 잡아 살아있는 쥐로 공놀이를 하고 논다. 그러나 절대 먹지는 않는다. 가끔 쥐약을 놓아야 했다. 쥐약을 놓는 것은 아들의 임무다. 혹시 용마에게 무슨 일이 있으면 어쩔까 싶어 아들에게 시킨다. 아들은 집안 구석구석 쥐약을 놓고 아침에는 쥐약을 수거한다. 아들이 집안을 점검하고 학교로 간다. 아들이 도와주는 건 쥐약 문제뿐이다. 그렇게 몇 번을 쥐약을 놓았다.

그런데 쥐약 놓았던 그 다음날 낮에 용마가 갑자기 미친 듯이 날뛰었다. 쥐약 병을 쓰레기통에 버렸는데 그 약을 핥은 것일까. 넓은 뒷동산을 눈알이 빨개가지고 뛰어다녔다. 무섭고 겁이 나서 현관문을 잠그고 창문으로 바라볼 수밖에 없었다. 두 시간쯤 뛰었을까. 용마는 기진했는지 단풍나무 밑에 누워 있었다.

나는 집안에서 저녁준비를 하며 아들이 오기만을 고대했다. 아들이 왔다.

"용마야! 용마야! 엄마, 용마 어디 갔어요?"

아들은 용마가 보이지 않자 여기저기 찾아다녔다. 내가 단풍나무를 가리켰다. 아들은 단풍나무로 달려갔다. 아들이 용마를 부둥켜안고 통곡했다. 용마는 그렇게 가버렸다. 우는 아들에게 딸이 수건을 갖다 주었다. 아들은 어디서 눈물 콧물이 쏟아져 나오는지, 온 몸의 수분이 눈물 콧물로 변해 흐르는지, 수건 셋을 흠뻑 적신 후 울음을 멈추었다.

어떻게 알았는지 용마의 조문객이 수도 없이 찾아왔다. 그들도 모두 울고 있었다. 날이 어두워졌는데 아들은 용마를 치우려 하지 않았다. 혐오식품 좋아하는 사람이 용마를 가져갈지 모른다며 지키고 있었다. 칠흑같이 어두운 밤중에 용마를 리어카에 실었다. 길게 누운 용마에게 리어카가 작다. 안 떨어지게 조문객들이 묶고 산꼭대기로 올라가 새벽에 장례를 치르고 일행이 돌아왔다. 멧돼지도 사냥하는 힘이 세고 덩치가 큰 용마도 쥐약 병을 핥고서 죽다니. 너무 허무했다.

용마가 가고 난 뒤 냉장고 청소를 하니 용마의 부식이 무수히 나왔다. 너무 커지고 있어 실컷 먹이지 않고 절제시킨 게 몹시 후회스럽고 안타까웠다. 미안했다. 쥐약 병을 깨끗이 씻었다면, 비닐봉지에 넣어 버렸다면, 종이로 잘 쌌더라면. 자책감이 밀려들었다. 나의 부주의로 한 식구가 가버렸다. 그림자도 없이 가버린 용마가 내 가슴을 미어지게 했다. 용마가 그렇게 큰 동물인 것을 모르고 입양한 것을 후회할 뿐이었다.

용마와 같이 살던 열 달, 그리움만 남았다. 내 마음이 이럴진대 아들의 마음은 어떨까. 나의 실수로 일어난 사건이기에 아들을 똑바로 바라볼 수가 없었다. 나도 용마에게 최선을 다했건만 아쉬움만 남았다. 정을 주는 동물을 키우는 것이 아니라는 걸 절실히 느꼈다. 그 후로 나는 정을 주어야 하는 그 무엇도 내 사전에서 사라졌다.

삼십 년이 지난 어느 날 아들에게 가지고 있는 과수원을 명의 이전해 주었다. 등기를 받아든 아들이 말했다.

"나는 이다음에 과수원에서 제2의 '할리퀸'을 키우면서 살 거야. 용마는 비싼 개야. 용마 값도 줘요."

"나 죽으면 용마 때처럼 그렇게 진심으로 뼈저리게 울어줄래? 그럼 주지."

내가 죽으면 과연 아들이 수건 세 개를 적시며 울어줄까.

아버지의 벽시계

채각채각, 쉬지 않고 시계추가 춤을 춘다. 정시가 되면 땡 땡 나를 일깨워주던 벽시계를 나는 사랑했다. 아버지가 준 첫 선물이었기에 매 시간 울리는 소리는 긴 여운으로 남았다.

근심 없는 충북 음성 무수동 산골이 나의 시댁이다. 사방이 산으로 둘러싸여 하늘만 빠끔한 깊은 두메산골이다. 마을 한 가운데로 냇물이 흐르고, 끊임없이 솟아나는 샘물은 시원했다. 봄이면 추녀에 제비가 집을 지어 새끼를 품고, 밤이면 여우가 구슬프게 울었다. 순박한 정이 넘치는 30여 가구가 사는 마을이다.

서울 삭막한 도시에서 자란 나는 시댁만 가면 기분이 아주 좋았다. 특히 "서울댁, 서울댁" 하면서 무슨 우상이라도 된 듯 나를 환대해주는 동네 아낙들의 정은 오색영롱한 무지개를 타는 듯 기쁨을 주었다. 요새 젊은 새댁들은 시금치도 안 먹으며 시청도 돌아간다는데 나는 명절이나 제사 때가 되면 즐거운 여행을 떠나는 것처럼 설렜다.

시댁에는 시어머니와 두 시동생, 일길 아저씨, 네 식구가 살았다. 배워야 산다는 시아버님의 유지를 받았음인지 시동생은 서울대에 입학하는 효자였다. 서울로 이사를 해야 했는데, 지금도 그렇지만 집이고 전답을 팔아도 서울 전세거리도 못 됐다. 염치불구하고 아버지의 도움으로 상도동 장승백이로 이사를 했다.

정류장에서 내리면 오른쪽은 논이고 왼쪽은 개울이 흘렀다. 비상용 비행기 활주로로 쓰던 철판으로 만든 안경다리를 건너면 RCA주택 세 채가 있었다. RCA주택은 그 당시 보기 드문 2층 집이었다. 지붕은 함석이었고, 1층은 12평, 2층은 8평으로 겉보기에는 아주 예쁜 새장 같은 집이었다. 현관을 들어서면 복도가 있고 오른쪽에 나란히 방 둘이 있었고 왼쪽에는 화장실, 목욕탕, 부엌이 다닥다닥 붙은 비좁은 집이었다. 집 뒤로는 담이 없는 동산이 있었다. 국유지라고 했다. 시동생들은 산에서 개나리를 캐다가 울타리를 만들어 남이 범접 못하게 만들고 어머니는 화전을 일구듯 밭을 만들었다. 우리의 영역은 200평이 훨씬 넘었다.

어느 날 어머님께서 기뻐하며 말씀하셨다.

"어멈아, 내가 꿈을 꾸었는데 집 뒤 언덕으로 새끼돼지 여남은 마리를 몰고 올라가는 꿈을 꾸었어. 아마 부자가 될 것 같다."

어머니 꿈이 적중하였던지 몇 년 뒤 불하를 받으라는 통보를 받았다. 그리고 우리는 동네에서 제일 많은 땅을 소유하게 되었다. 1960년대이니 호랑이 담배 먹던 시절 이야기 같다.

집들이를 할 때 친정아버지께서 대형 벽시계를 선물로 사오셨다. 우리는 큰 가구가 들어온 듯 기뻤다. 벽에 대못을 박고 시계를 걸었고 시어머님의 성의 가득한 만찬으로 집들이는 행복했다.

상도동은 비가 오면 마누라 없이는 살아도 장화 없이는 못 산다는 진흙범벅인 동네였다. 40년을 살다 보니 개울은 복개되어 20미터 도로가 생겼고 골목엔 아스팔트가 깔렸다. 빌딩이 들어섰고 우리 집 대문 앞은 버스 정류장이 되었다. 이렇게 변해도 될지 싶을 정도로 동네는 번화한 상가들이 즐비하게 들어섰다.

시대가 변천하여 아파트 붐이 일어나 너도 나도 아파트를 선호하였다. 우리 집도 운 좋게 한강이 한눈에 바라다 보이는 광장동 한 아파트에 당첨되었다. 아파트로 이사 갈 때였다. 식구들은 구닥다리 고물 시계를 버리자고 했다. 나는 결사반대하여 소파에 앉으면 제일 잘 보이는 곳에 신주 모시듯 걸었다.

그러던 어느 날 남편이 시계추를 배터리로 개조하여 벙어리 시계로 만들어왔다. 아버지가 벙어리가 되어 버린 듯 했다. 마치 아버지가 돌아가신 느낌마저 들었다. 그게 어떤 시계인데 대판 싸움을 하고 결혼 후 처음으로 보따리를 싸가지고 친정으로 가버렸다. 남편이 사과하였지만 서운함이 풀리지 않던 아버지 벽시계 사건은 지금도 생생하다.

요즘은 물질만능시대다. 날이 갈수록 좋은 물건이 나온다. 선물도 자기 기호에 맞지 않으면 무용지물이다. 그래서인지 언제부터인가 선물이 현금으로 변했다. 선물은 그 사람의 사랑이 담긴 마음인데 쓸쓸하다. 추억이 서려 있는 정의 귀중함을 모르는 메마른 세상이 되어가고 있음이 안타깝기만 하다. 물론 돈도 요긴하게 쓰이지만 물건은 그 사람을 오래도록 기억하게 한다. 그리워하는 정을 돈으로 살 수 없는 것이다. 상도동 집도 잘 가지고 있었다면 아마도 지금쯤 상도동 거부가 되었을 텐데.

아버지는 90세가 넘어서부터 언제나 쓸쓸하다고 하셨다. 어머니도 계시고 호스피스와 기사, 가정부, 더구나 오남매가 매일같이 순번대로 찾아가 뵙건만 왜 쓸쓸하다고 하실까. 그때는 몰랐다. 이제 내가 팔십 고개를 넘기고 보니 아버지는 허적함,

허무한 삶의 발자취를 말씀하셨음을 알겠다.

　"아버지 진심으로 사랑합니다." 부모님 살아생전에 왜 이 말을 못했을까. 포옹도 해드리고 뽀뽀도 해드렸다면 얼마나 좋아하셨을까. 돈 드는 일도 아닌데, 이제야 철이 들어 후회가 밀려온다. 늦었지만 "아버지, 어머니 못다 한 효도를 마음 깊이 사죄드리옵니다."라고 속으로 말해본다.

　기분이 우울해지면 지난날 삶의 허적에 말없는 아버지의 벽시계를 바라본다. 적막한 고요 속에서 채각 채각 땡 땡 울려주면 참 좋겠다. 그러면 아버지의 정감을 느끼며 대화도 나눌 것 같은데, 아쉽기만 하다.

점녀와 쌀

❧

한국전쟁을 겪고 난 1960년대, 대부분 사람이 생활고에 시달리던 시절이었다. 열 식구 벌기보다 한 식구라도 입을 덜어야 된다는 관념으로 삶을 살던 때였다. 하늘만 바라보는 천수답으로 농사를 짓던 시대에 비가 제때 오지 않으면 흉년이 되어 식생활을 해결하기 어려웠다. 농촌의 어린 소녀들은 밥만 먹여주면 남의 집 가사도우미로 갔다. 우리 집에도 점녀라는 소녀가 한 식구가 되어 살았다.

사람은 겉볼안이라고 했던가. 인상을 무시하지 못한다고 할까. 후덕하게 생긴 사람, 어질고 착한 사람, 상냥하고 싹싹한 사람, 고집불통인 사람 등이 살고 있듯이, 점녀의 생김새는 성격이 원만치 못해 보였다. 언제나 욕구불만으로 가득 찬 표정에 밝은 표정이라곤 없는 무뚝뚝한 아이였다. 우리 집은 그런 점녀로 인해 불안한 일이 자주 일어났다.

우리 동네는 저지대에 있었다. 비가 오면 마누라 없이는 살아도 장화 없이는 못 산다 할 정도로 진흙범벅인 동네였다. 장마가 계속 되어 폭우가 쏟아지면, 아스팔트 하수구에서 빗물이 역류해 분수같이 올라와서 동네는 금세 침수가 된다. 연탄아궁이 속으로 물이 들어가니 연탄은 꺼지고 퍼내도 또 퍼내도 끝이 없는 부엌이었다. 그래서 장마를 대비하여 정화조를 몇 군데 만들어 놓았다.

장마 뉴스가 들리면 우리 집은 정화조부터 점검하곤 했다. 어느 날 부엌 앞의 정화조 뚜껑을 열어보고는 화들짝 놀랐다. 정화조 속이 온통 하얗다. 자세히 보니 쌀이 둥둥 붙어 있었는데 쌀 씻을 때 흘린 게 아닌 아예 쌀을 쏟아 버린 것 같았다. 영락없는 점녀 짓이다. 너무 속상했다.

나는 부유한 집에서 자랐다. 어머니는 항상, "쌀은 귀한 것이다. 익은 밥은 버려도 생쌀은 한 톨도 절대로 버리면 안 된다. 버리면 반드시 죄를 받는다."고 하셨다. 그런데 저 정화조 속에 그득 들어 있는 쌀을 보는 순간부터 천둥이 울리면 벼락이 나를 향해 치러오려는 것 같아 무서워 하늘을 볼 수 없었다. 화를 꾹 꾹 누르며 말을 하는데도 내 감정을 다스릴 수가 없었다.

"쌀이 얼마나 귀한데 이런 짓을 했니? 하늘이 무섭지 않니?"

쌀 한 톨을 생산하려면 농부가 얼마나 많은 땀을 흘려야 하는데, 저 쌀이 웬말인가 싶었다. 쌀 귀한 줄 모르는 점녀를 더는 데리고 있고 싶지 않았다. 그애가 없으면 내가 당장 힘들고 아쉽지만 그의 집 시골로 보냈다.

십여 년이 지난 어느 날 버스정류장에서 점녀를 다시 만났다. 우선 무조건 반가웠는데 점녀의 남루한 모습을 보는 순간 내 가슴이 철렁 내려앉았다. 남편이 공사판에서 사고로 척추를 다쳤단다. 점녀가 행상을 해서 먹고 산다면서 눈물을 글썽거린다. 버스가 오니 점녀는 "아줌마, 갈게요." 하며 큰 보따리를 들고 버스에 뛰어오른다. 눈 깜짝할 사이에 점녀를 놓쳐버렸다.

떠나는 버스를 보니 정신이 났다. 붙잡아 식사라도 하면서 이야기를 해 볼 걸. 용돈이라도 좀 넉넉하게 주어 보냈을 걸 하는 후회가 엄습해 왔다. 정화조 쌀 사건 때 내가 너는 얼마나 죄를 받으려고 그런 짓을 했냐며 다그쳤던 일이 생각났다. 내 말이 씨가 되었나 가슴이 아렸다. 왜 점녀를 이해해 주지 못했을까. 그 당시 점녀와 같은 나이였던 내 딸은 학교에 다녔는데, 가난한 집에 태어나서 고생하는 점녀를 따뜻하게 보살펴 주었더라면 좀더 나은 삶을 살지 않았을까 하는 후회가 밀려왔다.

점녀의 고단한 삶이 내 책임인 것 같아 두고 두고 우울하고 서글펐다. 우연이라도 점녀를 다시 만날 수 있다면 지난날을 사과하며 아낌없이 후히 대해주리라 다짐해본다.

한식명절

우리나라는 예부터 사계절 4대 명절을 지킨다. 겨울에는 설날, 봄에는 한식, 여름은 단오, 가을은 추석이다.

설날은 새해를 맞이하는 기쁨으로, 한 해의 소원을 기원하며 차례를 모시고 하얀 산에 바삭바삭 소리를 내며 선조들께 성묘를 한다. 증조부님, 조부님, 부모님께서 기다리는 산길을 오르고 성묘를 하면, 희망이 솟구쳐 한 해의 밝음이 나를 반기는 것 같다.

한식은 조상님의 생신이라 여기며 제물을 산소 상돌에 차려놓고 조상님께 문안인사를 올리며 차례를 지낸다. 단오의 유래는 중국 초나라 희왕 때에 비롯되었다고 전한다. 굴원이라는 신하가 간신들의 모함에 자신의 지조를 보이기 위하여 멱라수에 투신했는데, 그 날이 오월오일이었다. 그 후 해마다 굴원을 위하여 제사를 지내게 되었는데, 이것이 우리나라에 전래되어 단오가 되었다고 한다.

추석에는 추수를 감사히 여기며 정성을 다하여 차례를 모시고 가족 나들이 겸 성묘를 간다. 많은 인파 속에 교통지옥도 즐거움이 된 지 어느덧 57년. 나는 우리 집의 안주인이다. 내가 성묘를 안 가면서 며느리들에게 강요할 수 없지 않은가. 몸이 불편하여도 내가 언제나 앞장선다.

우리는 각자의 차를 타고 성묘를 하러 간다. 휴게소에서 만나 약간의 차와 간식을 사먹는 재미도 쏠쏠하다. 소풍이라고 여기면 기쁨이 생기며, 조상님을 뵙고 오는 발걸음이 가볍다.

남편이 한국전쟁 시 학도병으로 참전하였는데, 아버님이 별세하셨다. 남편은 효도할 길을 찾지 못해 제사와 차례에 지극 정성으로 열과 성을 다한다. 심지어 조상님 산소를 정갈하게 해드려야 된다는 마음으로 산소를 가꾸었더니, 호화산소로 지목 받아 군청의 조사를 받았을 정도다.

우리 집의 제사는 성균관에 문의하여 정통유교식으로 모신다. 병풍을 두르고 높은 제상에 유기제기를 쓰며 제사준비가 끝나면 남자는 흰 두루마기를 입고 여자는 옥색 한복으로 갈아입고 모두 읍하여 축문을 읽는다. 그 후 차례대로 잔을 올리며 경건하고 엄숙하게 제사를 모신다. 저 옥양목 흰 두루마기는 내 생전에 마지막이 되겠지? 일 년에 한 번 삶고, 풀 먹이고,

다리고 하는 번거로움 때문에 세탁소에서도 해주지 않는 일을 며느리에게 전가할 수도 없다. 며느리의 처분만 바랄 뿐이다. 두루마기를 입으면 더 엄숙한 기분이 드는 것은 사실이다. 나는 큰일을 한 듯 흐뭇해진다.

고향은 충북 괴산이다. 명절, 한식, 제초, 금초, 추석까지 1년이면 다섯 번을 가야 한다. 그때마다 길이 밀리는 교통지옥에다, 바쁜 생활을 하는 자녀와 손주들이 아버지의 엄명에 아무 불평 없이 따라주니 고맙다. 그런데 제일 곤욕스러운 건 한식이다. 삼대 봉사를 하기 때문에 세 분 상을 차려야 한다. 조상님의 생신이니 더욱 잘 차리라고 남편이 부탁을 한다. 나는 속으로 고향 분들과 친척들이 보니까, 잔소리를 한다 하면서도 집에서 지내는 제사 때보다 더 잘 차리려고 노력한다. 산소 가까이까지 차가 가도록 길은 닦아 놓았지만, 산 밑에서 산소까지 제기그릇부터 제물까지 챙기는 게 여간 수고스러운 것이 아니다. 조상님을 잘 모시면 안 되는 일이 없는 법이다. 그런데 자식들도 오십 세가 넘으니 힘겨운 것은 사실이다.

차례가 끝나면 손님 친척 모두 모여 찬 국수잔치까지 해야 한다. 나는 인내라는 묘약을 먹으며 시댁가풍에 따랐다. 체력의 한계를 느껴 몇 년 전부터 며느리에게 인계할 수밖에 없었다. 다행히 두 며느리들이 자기의 본분이라고 여기며 열심히 따라준다. 얼마나 고마운지. 나는 언제나 두 며느리에게 아낌없는 찬사를 보낸다. 아버지 사시는 동안만이라도 열심히 해달라고 등을 두드려주며 수고한다, 고맙다, 미안하다, 진심에서 우러나는 말로 극찬을 한다.

내가 친구들에게 우리 차례와 제사 이야기를 하면 지금이 어느 시대인데 여태껏 그리 지내느냐며, 너의 며느리는 너희 죽기만을 기다릴 거라고 흉을 본다. 그래도 조상님의 돌보심이 계신지, 남편의 갈망하는 걸 아는지, 내가 복이 있는 건지, 성의를 다하여 주는 두 며느리에게 고마울 따름이다.

금년에는 아들이 시대의 변천을 느꼈는지, 아버지 힘이 약해진 걸 느꼈는지, 한식에 대한 유래를 이야기하였다. 중국 춘추전국시대 진나라 문공 시절 있었던 충신 '개자추'에 대한 이야기였다. 왕은 결국 잃은 충신을 애도하는 뜻에서 그날은 불을 못 피우게 해 모두 찬 음식을 먹었다는 데서 한식이 생긴 것이라고 아들이 강조했다. 아들의 말에 내가 합세했다. 우리나라 충신도 아닌 중국의 충신을 추모하여 생긴 한식 명절을 우리의 명절로 정하여 차례를 모시는 건 사대사상에서 온 거니까 단오가 사라지듯 한식도 사라져야 한다고 주장했다. 위세가 당당하던 남편이 누구에게 문의를 하였는지 어느 날 힘없이 물었다.

"한식엔 술과 포만 올릴까?"

"안 돼요. 한 분 상만 차립시다. 윗대의 상을 아랫대에 물리는 건 흉이 아니니 편과 포만 갈면 돼요."

나는 남편에게 갑자기 측은지심이 생겨 말했다.

"그럼 아버지! 내년부터는 엄마 말씀대로 하는 거예요. 아셨죠?"

아들이 기다렸다는 듯이 말하며 판사가 판결을 내리듯 거실 바닥을 탕! 탕! 쳤다.

"딴 말씀 없기예요."

아들이 다시 강조를 하니 며느리들의 얼굴이 환해진다.

우리나라 아름다운 미풍양속도 시대의 흐름에 따라 간소화했으면 하는 것이 나의 바람이며, 모든 여인들의 소망일 것이다. 조상님을 자주 찾아뵙고 예를 올리는 것은 매우 좋은 일이나, '개자추'를 추모하며 생긴 한식이라면, 단오처럼 한식 차례도 사라지는 게 어떨까. 한식이 돌아오는 봄이 되면 호랑이가 나를 찾는 것 같다.

보고 싶은 사람들

옛날을 회상해본다. 50년 전이 옛날이라니 변해도 무던히도 변한 우리 한국이다. 서울 영등포구 상도동 장승백이 정류장에 내리면 상가가 나란히 있고 바로 뒤는 논이 있으며 개울물이 흐르고 있었다.

비행기 활주로로 썼던 구멍이 뚫린 철판으로 만든 다리를 건너면 허허벌판에 비둘기장 같은 RCA주택 3채가 있었다. 허울 좋은 이층집은 빨강 함석지붕이며 일층은 열두 평으로 안방, 작은방, 화장실, 샤워장, 부엌, 이층은 다다미방 2개가 있는 아주 비좁고 불편하며, 여름에는 덥고 겨울에는 추운 쓸모없는 집이었지만 그때는 모두가 부러워하는 선망의 대상이 되었던 집이다. 지붕 위에는 안테나가 높이 솟아 뽐내고 있었다. 첫 번째 집은 장군 집, 두 번째는 은행지점장 집, 세 번째가 우리 집이다. 뒷담은 없고 동산으로 이루어져 있다. 야산에는 벚나무,

주목나무, 아카시아 등 거목이 수도 없이 있다.

어머님은 풀이 나는 곳에 밭을 일구기 시작하셨다. 계단식으로 만들어 빈터에는 무엇이고 심어 밭을 만드셨다. 어머님의 밭은 나날이 넓어졌다. 상치, 아욱, 시금치, 고구마, 감자… 겨울에 김장할 배추, 울타리에는 옥수수를 심었다. 어머님의 밭은 해가 갈수록 넓어질 수밖에 없었다.

어느 날 보니 어머니 밭 위에 무허가 집들이 줄지어 들어섰다. 어머니가 차지한 밭은 200평이 훨씬 넘어 눈만 뜨면 화초 가꾸시듯 밭을 어루만지셨다. "어머니, 힘들지 않으세요?" 하면 "시골에서 농사짓던 걸 생각하면 장난하는 거지." 하시며 즐거이 밭을 가꾸셨다. 무엇이고 자라면 나눠 주시기 바쁘셨다. 어머니는 동네에서 인심 좋은 할머니로 통했다.

앞 들판에는 벽돌공장과 소금공장이 있었다. 어머님은 벽돌공장 인부들과 말동무가 되었다. 농사지은 것은 우리와 이웃과 인부들의 찬거리로 충분하였다. 인부들은 어머님을 도와주며 우리 집 허드렛일도 거들어주기도 했다. 어머님은 고구마, 감자, 옥수수를 삶아 일꾼들이 얼마나 출출할까 하면서 갖다 주셨다. 이것이 사람 사는 인정이지 하며 흐뭇해하시는 것도 나는 보기 좋았다.

그 당시는 김일 프로레슬링이 인기가 좋았다. 두 집은 문이

굳게 닫혀 있었다. 그런데 우리 집은 항상 열려 있었다. 인부들은 어머님의 친구들이다. 그래서 레슬링만 하면 우리 안방은 발 디딜 틈이 없을 정도였다. 솔직히 나는 몹시 싫었다. 그러나 혼자 보는 것보다 함성을 지르며 손뼉을 치고 같이 감격하여 보는 게 좋기도 했다. 그래서 울며 겨자 먹기로 따르니 일꾼들도 좋아하고 어머니도 기뻐하고, 좋은 것이 좋긴 좋은 것 같았다.

레슬링이 끝나 모였던 사람들이 모두 돌아가고 나면, 흙, 모래, 땀 냄새, 발 냄새로 골치가 아플 지경이었다. 어머님은 내 눈치를 보시며 청소하기 여념이 없으셨다. 그런데 누군가 작은 방에서 나가는 게 보였다. "누구세요?" 하니 냅다 도망을 쳤다. "도둑이야!" 소리를 치니 일꾼들이 뛰어와 도둑을 잡았다. 도둑의 품에서 우리 아이들의 가죽점퍼가 나왔다. 파출소에 끌고 간다고 일꾼들이 소리치는 것을 내가 말렸다. 아이들은 우후죽순같이 자라니 금세 입지 못할 수도 있기 때문이었다.

집이 비좁아 불편하여 뒤뜰에 방을 몇 개 만들었다. 벽돌공장에서 벽돌을 얻고 시멘트도 얻었다. 소금공장 인부들도 도왔다. 지붕은 슬레이트를 얹었다. 광에서 인심난다고 했던가. TV 덕분에, 어머님 친구 덕분에, 농사지은 찬거리 덕분에, 우리는 방을 몇 개나 만들었다. 세상에 공짜는 없는 법이다. 우리는 작은방을 거실로 꾸몄다. 찬장을 사다 양주를 진열하고, 옆에는 골프가방을 놓고 소파를 들여놓아, 내 딴에는 아주 근사한 응접실로 만들어 놓았다. 갑자기 부자가 된 것 같았다.

어느 날 또 김일 프로레슬링을 하는 날이었다. 언제나처럼 우리 집 안방은 인산인해를 이루었다. 함성을 지르고 손뼉 치며 신나게 보고 나서보니 응접실이 엉망이 되었다. 골프가방과 양주병이 사라지고 골프채가 여기저기 뒹굴고 있었다. 도둑이 들어와 골프채는 내버리고 술병만 가지고 간 것이다.

"골프채가 비싼 줄 모르는 놈인가 보네. 아니면 술은 처분할 수 있어도 골프채는 못하니까 술만 가져갔나?"

남편은 골프채가 남고 술병이 사라진 것은 다행이라며 너털웃음을 웃었다.

30년이 지나니 우리 집 대문 앞은 20미터 4차선 도로가 생겼으며 버스정류장도 생겼다. 흑백 TV도 사라지고 벽돌공장과 소금공장도 사라졌다. 지금 그 인부들은 건설 붐이 일던 시대에 모두 건설회사 사장이 되었을까? 그때 그 사람들이 그립고 보고 싶다.

반세기 전의 추석

추석은 가장 오래된 미풍양속 중의 으뜸인 명절이다. 어느 집이든, 어떤 형태든 돌아가신 분과 생존하고 있는 자손을 결속시키는 의미가 있기 때문이다. 반세기가 지난 옛 생각이 떠오른다.

아마도 1957년 추석이었던 것 같다. 6·25로 인해 격동기를 보냈던 시대의 이야기다. 추석 전날 우리는 아침부터 서둘렀건만 충북 음성에 도착했을 때는 어둠이 깔려 있었다. 어느 때나 있던 지게꾼이 그날따라 보이지 않았다. 남편은 선물이 든 큰 가방을 걸머지고 그 위에 세 살짜리 딸을 얹고 두 아이의 옷보따리까지 들고 앞장을 섰다. 나는 두 살 먹은 아들을 업고 기저귀 가방을 들고 남편의 뒤를 따랐다.

고향 집을 향하여 밀림으로 들어갔다. 금세 산속에 칠흑 같은 어둠이 몰려왔다. 십리 길은 왜 그리도 아득한지 험준한 계란고개를 넘어야 했다. 다리가 아프다. 더욱이 갈증이 찾아온다.

"목 말러."

나는 짜증 섞인 말투로 말한다.

"응, 조금만 참아. 나폴레옹도 알프스 산을 넘을 때 탈진상태의 장병들에게 이 고개만 넘으면 오렌지밭이 있다고 하여, 장병들이 침을 꿀꺽 삼키며 고개를 넘었대. 이 고개만 넘으면 우리를 반겨주는 고향이야. 우리도 침을 넘겨보자."

그는 너털웃음을 웃는다.

빽빽한 산속으로 들어서니 어디선가 아름다운 음률의 멜로디가 구슬프게 가냘프게 슬피 우는 듯한 소리가 들렸다. 그런데 왜 소름이 돋는 걸까? 그는 얼른 지퍼라이터를 켜며 담뱃불을 붙였다. 싸라기눈 같은 고운 흙이 뿌려지는 느낌이 들었다. 무슨 일일까? 그는 또 담배를 피워 물며 라이터를 오래 켜고 있었다. 어둠이 사라진다.

"왜 그렇게 자꾸 불을 켜요?"

나는 손이 뜨거울 텐데 싶었다.

"그럴 일이 있어서."

그는 무심한 듯 말했다.

무슨 일일까. 문득 전설 같은 옛이야기가 떠오른다. 그가 어렸을 때 갑자기 밤에 병이 나서 아버님이 약방에 가시려고 나서니 눈이 쌓여 길을 분간할 수가 없을 때, 갑자기 호랑이가 나타나 길을 안내해 주었다는 생각이 났다. 또 호랑이가 나오려나……

숨은 턱을 치받쳐 말할 기력도 상실할 정도였다. 좀 쉬어 갔으면 좋겠는데 그는 빨리 오라며 부지런히 산오르막길을 걸었다. 그의 뒤를 나는 정신없이 따랐다. 고대하던 내리막길이다. 밀림 같은 산속을 벗어나니 밝은 둥근달이 웃으며 우리를 안아 주었다. 빛의 감사함과 경이로움에 감격하였다.

마을 어귀에 시동생들이 마중 나와있었다. "형님 오셨어요?" 하며 보따리를 받아가지고 뛰어갔다. 열려 있는 사립문에 들어서니 정겨운 가족과의 만남은 이산가족 상봉하듯 감격의 물결이었다. 어머니가 말씀하셨다.

"어서 남폿불 켜라, 어서 켜라."

기름 절약하느라 호롱불을 켰는데 아들 부부의 방문에 남폿불을 켜니 보고 싶던 얼굴들이 미소 지었다. 우리는 어머니께 큰절을 올리고 시동생들은 형님에게 큰절, 나는 시동생들과 맞절을 하고 앉았다.

"오느라고 고생 많았지?"

"어머니, 계란고개에서 승갱이가 울며 흙을 뿌렸는데, 저 사람은 아무것도 모르고 쉬어 가자고 야단, 불 켠다고 야단해서 혼났어요."

어머니의 물음에 그는 고개에서 있었던 이야기를 했다.

"머슴이라도 마중 보낼 것을 언제 올지도 모르고 집안일도 많고 해서 미안하게 됐구나."

어머니는 겸연쩍어하셨다. 아, 그래서 그가 불을 켰음을 알게 된 나였다.

소학교 다니는 남학생은 책과 도시락을 보자기에 싸서 어깨에 걸머지고 여학생은 허리춤에 묶고, 장을 보러 가는 사람들은 지고, 이고, 들고, 다니던 길. 밤이면 늑대가 울며, 여우가 흙을 뿌렸던 계란고개가 반세기도 못 되어서 버스가 지나가는 곳이 되었다. 우리도 반세기가 지난 지금 자가용으로 성묘를 간다. 이렇게 변할 수 있을까.

집집마다 잔칫집이다. 동네에서 돼지를 잡아 주요 먹거리를 이루고 가마솥뚜껑에서는 누름적이 부쳐지고 맷돌에는 두부를 하기 위해 콩이 갈린다. 시루에서는 송편이 쪄지고 가마솥에서는 탕국이 끓고, 방에는 이불을 뒤집어쓰고 있는 식혜가 보인다. 나는 좀 쉰다는 것이 곯아떨어져 추석날 해가 중천에 떠오를 때까지 잠이 드는 며느리였다.

정성껏 장만한 제물을 올리고 경건한 마음으로 차례를 모신다. 명절은 단배로 모신다. 차례상 앞에서 반드시 음복을 해야 한다. 음복의 참뜻을 알아야 한다. 조상님 상에 올렸던 제주를 조금씩 나누며 제물을 먹는 것은, 조상님과 자손이 같이 먹는 다는 뜻 깊은 매개체로 엉킨다는 뜻이다.

오랜만에 간 우리를 보러 손님들이 오셨다. 어머니는 "아가, 당숙님과 당숙고모님 오셨다." 또 큰아주버님, 육촌 형님, 이웃집 할머님이 오셨다. 오시는 분마다 큰절을 해야 했다. 남편은 그때마다 큰 가방에서 건어물을 선사했다. 건어물은 산골에서 최상의 선물이 될 줄이야. 기뻐하시는 모습들에서 나는 행복감을 맛본다. 계란고개를 넘은 나의 다리는 여간 곤욕스러운 것이 아니다. 나는 아무도 모르게 골방을 찾아 들어가 이불을 뒤집어쓰고 꿈나라로 갔던 기억을 잊을 수가 없다.

그 많은 음식, 밤새워 만든 음식을 저장할 능력이 없는 시대였다. 이삼일 내로 처리해야 한다. 먹거리가 귀했던 시절이어서 그런지 어느 누구나 어찌도 잘 잡숫는지. 나는 어안이 벙벙했다. 오랜만에 기름기를 먹어서 탈이 났다는 소리가 여기저기서 들린다.

반세기가 지난 지금, 물질 만능시대가 되었고, 안일과 편의주의로 사회가 변했다. 명절 때 황금 같은 연휴가 이어지면 해외여행 가는 사람이 수도 없이 늘어난다. 심지어 콘도에서 제물을 택배로 배달하여 차례를 모신다는 소리가 간간히 들려온다. 반세기가 지난 지금은 차례의 제물보다 미각을 돋우는 새롭고 맛있는 음식을 선호하는 경향이 다분히 엿보인다. 제물을 먹기 싫은 것은 당연지사다. 먹거리가 귀했을 때는 차례나 제사가 끝나면 마음껏 먹을 수 있다는 즐거움으로 열심히 부지런히 일했던 것이었을까?

무조건 조상님을 숭배하는 정신이 사라진 지금, 바쁘다는 이유로 차례와 제사에 참석 안 하는 사람이 늘고 있는 것은 사실이다. 예부터 조상 잘 모시어 잘못된 일 없다는 가르침을 우리는 받았다. 이번 추석 명절에도 조상들의 얼을 정성껏 추모하면서 작은 '음덕'이라도 베풀면서 보냈으면 하는 바람을 해본다.

증발된 목소리

삶을 알리는 소리는 기쁨에 소리치는 아기의 울음소리다. 계획하고 선택하여 세상에 나오는 사람은 없다. 건강하고 성실히 삶을 살면 그의 생이 빛나고, 그에 마땅한 대가도 있기 마련이다. 건강을 잃으면 만사를 잃으며 모든 것이 하나씩 사라진다. 마지막까지 남는 것은 목소리일까. 그러나 목소리도 잃을 수 있다.

전화벨이 울린다.

"여보세요."

"네 목소리는 여전하구나."

나를 즉시 알아준다. 부모님이 주신 독특한 음성은 내가 살고 있음을 증명해 준다. 나는 종합병원이다. 신체 어디고 안 아픈 곳이 없다. 열심히 살았건만 허수아비로 남은, 아무 흔적 없는 평범한 주부다. 무료한 시간이 아까워 부업을 하고 싶어 상호를 지으러 작명소를 찾았다.

'보라'라고 지어주었다. 普羅, 퍼질 '보'에 비단 '라'로 비단같이 퍼지라는 뜻이란다. 내 마음에 흡족한 이름이다. 할아버지는 종로에서 포목점과 양조장을 경영하시어 '서사'도 있었다는데, 언니 이름은 영숙, 나는 영순이가 무엇인가. 우리 자매는 언제나 이름이 불만이었다. 유식한 아버지에게 항의하면 "여자는 평범한 이름이 좋은 것이다."라고만 하셨다. 사촌은 영경이, 영미였는데 젊은 나이에 타계했다. 무난한 이름 덕분인지 언니도 구십이 세, 여전히 건재하다.

'보라'는 내가 취미생활로 운영했던 양장점과 양품점이었다. 그 당시에는 기성복이 없었다. '보라'는 나날이 번창하였다. 그러나 아버지는 밥술이나 먹는 집의 아낙은 살림이나 잘하면 된다고 못마땅해 하셨다. 남편은 체면을 생각하는 사람이어서 내가 일하는 것을 꺼렸다. 결국 몇 년 만에 폐업하고 말았다. 아마도 '보라'의 성장은 나의 서비스 섞인 말투와 끊이지 않는 수다 덕분일 것이다. 더구나 미소 띠고 상대를 매혹시키는 명랑하고 쾌활한 목소리 덕을 많이 보았을 것 같다.

삼십 년 전 감기로 기침을 몹시 하더니 목이 잠기어 말이 잘 안 나와 병원 문을 두드렸다.

"목에 혹이 생기셨군요. 간단한 수술이니 안심하고 수술하는 게 좋겠어요."

이렇게 말하는 의사의 말에 서슴없이 응하였다.

수술실에 들어가면서 '나는 불사조야.'라며 마음을 다독였다. 그리고 눈을 감고 애창곡을 부르며 잠이 들었다. 깨어보니 회복실 같은데 아무도 없었다. 소리치고 싶은데 목에는 무슨 기구가 가득 들어 있다. 숨도 쉴 수가 없다. 내가 깨어났다는 걸 알려야 되는데, 손발이 침대에 묶여 있어 미동도 할 수 없다. 죽을 수도 있구나 싶어 정신이 몽롱해진다. 얼마의 시간이 흘렀는지 악몽 속에서 인기척이 나더니 나는 살았다. 잠시의 시간이었는지 모르지만 나의 고통은 무서움으로 몸서리쳐졌다. 병원 측이 과오를 시인하여 사과하는지라 참고 견디었던 기억이 떠오른다. 그렇게 곤욕스럽게 수술했건만 몇 년이 지나 또 재발하였다.

이번에는 제일 좋은 병원에서 고명한 의사를 물색하여 찾아갔다. 진찰실과 환자대기실에는 자기의 의사표시도 못하는 환자가 우글거린다. 한국 최고의 병원이어서인지 전국의 목 아픈 환자들이 다 모인 것 같다. 내 이름을 호명 받고 의사와 면담을 했다.

"어디가 불편하십니까?"

"고음이 안 나와서 왔어요."

"말 못하는 사람도 많은데 고음이 안 나온다고 전신마취하고 수술할 겁니까? 암은 아니니 돌아가십시오."

의사는 버럭 화를 내면서 다음 환자를 불렀다.

의사는 환자의 마음까지 알 길 없다. 환자의 실망 같은 건 아랑곳하지 않는다. 도리어 한심스럽다는 눈빛으로 나를 경멸하는 것 같았다. 돌아서는 내 모습이 참담했다. 가슴을 도려내는 아픔 자체였다. 나에게 목소리가 증발된 슬픔은….

학창 시절 풍요롭고 폭넓은 높은음으로 한없이 올라가던 황홀한 고음! 숨을 가다듬고 조용히 내뿜으며 종소리의 여운같이 감미로움을 느끼게 하던 저음! 내 사전에 이제 노래는 영원히 사라졌다.

꿈을 꾸어본다. 깜깜한 무대에서 어두운 조명을 받으며 쇼팽의 〈이별의 곡〉을 이영순 작곡, 이영순 노래로 눈을 감고 불러본다. 홀로 무대에서 황홀감에 도취되어 이영순의 자작곡을 노래 부른다.

나의 기쁜 마음
그대에게 바치려 하는 이 한 노래를
들으소서 그대를 위한 노래
아 아 정다웁게 나의 가슴 불타올라

나의 순정을 받아주소서 그리운 님
떠나가면 나만 홀로 괴로움을 어이하리
언제 다시 만나려나
아 아 그리운 님
나의 순정을 잊지 마소서
나의 순정 잊지 마소서
그리운 님

꿈에서 깨어보니 앞이 안 보인다. 다만 싸늘한 눈물이 양 볼을 타고 내린다.

소중한 것

하늘에 나는 황사와 숨 막히는 매연이 문을 열고 들어선다. 무아지경을 이루던 산천초목은 높고 높은 산을 가르고, 웅장한 소리 울리며, 쏟아지는 폭포는 유유히 흐른다. 피어오르는 구름, 푸른 초목 사이에 작은 골짜기 냇물을 이루고, 아담한 정자는 속세를 떠난 신선들의 놀이터. 흐드러진 소나무 사이의 외나무다리 건너 오솔길에 세 발 짚고 나그네 정자를 바라본다. 푸른 동산에 사슴은 뛰놀고, 아름다운 산수에 무지개가 피어오르며, 야생화는 만발했다. 산을 막 내려오는 집채만 한 호랑이, 한가로이 노니는 백로, 독수리는 날고 짹짹 참새가 반긴다.

산수화 바라보는 신선이 따로 있나, 내가 신선이지. 열두 폭에 그려진 함박꽃 액자. 사계절 알리는 매화, 난, 국화, 대나무, 사군자들이 저마다의 자태를 뽐낸다. 봄소식 안겨주는 매화의 묵화, 달마상은 두 눈 부릅뜨고 집지킴인 듯 서 있다.

서경보 스님의 거각인 '佛' 액자. 살아서 천년 죽어서 천년인 주목 뿌리 위에 관세음보살이 환생한 듯 좌정하시고 만년을 자랑하는 거불, 상아 뿔을 뽐내는 코끼리, 용맹을 자랑하는 사자, 모두 모시고 싶어 양쪽의 화병으로 장식한다. 남편이 근엄하게 모시는 청담스님의 항아리, 온 벽을 가리고 있는 항아리들. 한 번도 안 써본 다기들… 모시고 바라만 보는 소중한 것들로 보기에도 아까운 보물들이다.

나는 깜짝 놀란다. 이십 년을 기거하는 내 거실이 이렇듯 뜻 깊고 의미심장한 보물들과 함께 하고 있음에. 생각할 여지도 없었다. 문학은 면밀한 관찰력을 일깨워주며, 나의 삶을 채찍질하여 준다.

사십여 년 전 그는 대망의 꿈을 안고 이국땅에 파병을 갔다. 대한민국의 군인이면 갈망하는 곳이었다. 생명의 위험을 감수해야 하는데도 까다로운 관문을 통과해야 갈 수 있었다. 야망에 불타는 그는 희열이 되어 영광의 나팔을 분다. 남아로 태어나면 명예와 야망으로 자아만족을 채우며 사는 것일까. 일련의 사투가 끝나면 자기가 사용하던 사물은 무엇이고 가지고 올 수 있는 혜택을 주었다. 귀국 박스다. 대형 궤짝에는 장정 대여섯이 들어갈 수 있을 만큼 튼튼하다. 그 궤짝에는 자기의 사물은 물론 무엇이든 넣어 가지고 올 수 있는 자유가 있었다. 사람들은 필요한 물품을 마련하여 그 귀국박스에 담아두었다가 가져왔다.

가족들은 남편과 내통하여 어떤 물건이라도 상표만 확실하면 상품가치가 있어 한국에 오면 돈이 된다는 걸 알려주었다. 사소한 물건인 소모품이 더 가치가 있었다. 화장품은 물론이고 세숫비누, 치약, 깡통, 드라이버까지 깨지지 않는 물건이면 된다. 그 당시 아녀자들은 외제 선호사상이 강했는데, 우리 국산은 외제를 따를 기술이 없었기 때문이다. 손톱깎이, 가위, 창칼 무엇이고 상표만 확실하면 값은 천정부지였다.

그래서 부인의 말을 경청하는 장병들은 시간만 있으면 사소한 것들을 미리미리 사 모았다. 궤짝을 다 채우지 못한 사람은 흔들리면 안 되기에 빨랫줄에 매달린 남의 빨래로 채워 넣기까지 했다고 한다. 준비를 단단히 한 사람은 귀국 박스가 작은 집으로 변신하는 경우도 있었다.

우리 집에도 귀국박스가 도착했다. 모든 친지들도 일 년 만에 귀국한 그를 보러 왔다. 궤짝 뜯는 사람도 왔다. 그 속에 냉장고, TV, 녹음기, 사진기, 심지어 슬리퍼까지 남편이 사용하던 사물들이 들어있었다. 냉장고 속을 열어보니 텅텅 비어 있다. 커피라도 몇 봉지 깡통이라도 몇 개 기대해보지만 있을 리 없다. 한없이 쏟아지는 것은 보지도 못한 아무 사용 가치도 없는 희귀한 조개들뿐이다. 그는 "손 타면 안 돼. 아주 귀중한 거야." 했는데 나는 아연실색할 수밖에 없다. 물건 사러온 미제 장사들과 구경 온 손님들이 모두 돌아가고 그는 조개 진열장을 맞추러 나갔다.

조개를 주우면 세제에 담가 깨끗이 씻어 말려야 하므로 그의 방은 언제나 아름답지 못한 냄새가 진동했다고 한다. 어느 때는 무인도도 찾아다니며, 희귀한 것을 고가로 구입하였다고 자랑을 한다. 월남은 평상복을 입으면 평민이고 총을 들면 베트콩이라고 하는 곳이다. 언제 위험이 닥칠지도 모르는 곳에 조개 있다는 정보만 들으면 그는 어디고 수집하러 다녔다고 한다.

우리 아이들이 박스를 눈 빠지게 뚫어져라 찾아봐도 초콜릿 하나 안 나오는 박스, 내 가슴은 미어진다. 내가 하는 말은 언제나 마이동풍인 사람, 말을 조금이라도 귀담아 들어준다면 남북통일 될 거야. 혼자 중얼거렸다.

중형 냉장고만한, 백화점 귀금속 파는 것 같은, 진열장이 왔다. 그는 식음을 전폐하다시피 조개껍질 진열시키는데 열중이다. 마치도 조개 주우러 월남 간 사람 같았다. 나는 쓰레기통을 준비해 놓고 모양이 같은 조개는 쓰레기통에 던져 버렸다. 그는 조개를 잘 진열시켜 놓고 문 쪽을 벽에다 붙이며 "이래야 하나도 손실이 없지." 하면서 만면에 희색을 띠운다. 대만족 하는 것 같다. 사실 조개껍질을 보는 사람마다 몇 개만 달라고 사정을 한다. 그러나 문이 없어 손댈 수가 없다. 나는 맥이 빠져 밥할 근력도 없다. 일 년의 삶이 허사가 된 듯싶다. 아무리 수집광이라도 이럴 수는 없다. 믿음을 깨뜨린 실망만이 가슴을 아프게 한다. 그에게는 귀중한지 모르지만 나는 아무 가치 없는 무용지물로 여겨지는 게 사실이다.

일 년에 한 번씩은 씻고 어루만지던 것도 이십 년이 지나니 이제 아무도 쳐다보지 않는다. 남들은 보물로 가득 채워오는데, 나에게는 쓰레기통에 넣어버리고 싶은 조개들뿐이다. TV에서 어느 때인가 조개전시회를 방영해주었다. 그런데 우리 집의 진열장이 더 화려하다.

국가비상사태가 되면 우리는 언제 어떤 일을 당할지 모르는 삶을 산다.

"무슨 일이 나면 어디로 뛰지?"

"뛰긴 어디로 뛰어!"

"그렇다고 고층 아파트 지하로 갈 수 없지 않아요?"

"공원에라도 가야지."

"난 현금만 갖고 뛸 테니까 당신은 조개나 한 짐 지고 뛰어요."

그는 너털웃음! 나는 허탈 웃음! 우리는 소리 내어 웃어댄다.

2

완전한 포기는 없어

쓸모 있는 손톱

"손을 글감으로 써보세요. 좀 어려울까요?"

선생님이 양손을 활짝 펴 보이면서 숙제를 내주셨다.

나는 한밤중에 기억을 더듬어 본다. 어려서부터 누구의 말도 잘 듣지 않는 문제아였다. 철들자 망령난다고 팔십 고개를 훨씬 넘어 처음으로 선생님의 말씀에 순종할까 싶어 열 손가락을 바라본다.

오동통했던 손은 어디로 가고 뼈와 가죽만 남은 손을 넋 놓고 바라보니, 이렇게 흉물스럽게 변할 수가 있을까 싶다. '아니야, 삶의 훈장이야.' 나 스스로 위로하며 쓰다듬어 보니 손톱이 빛나고 있다. 누구나 내 손톱을 눈여겨보는 사람은 놀란다.

"어머! 할머니 손톱 좀 봐. 참 예쁘네요."

그 말에 나는 희열에 잠긴다. 내가 손톱을 가꾸는 데는 이유가 있다. 젊어서부터 뼈가 약한지 손톱이 잘 부서진다. 누군가가 매니큐어를 발라보라고 해서 가꾸기 시작했다. 그랬더니 손톱이 두꺼워지며 힘이 생겨 일상생활에 도움이 되는 것을 느꼈다.

나는 고무장갑을 쓰지 않는다. 락스가 손에 묻으면 몹시 미끄럽다. 그러면 수세미로 썩썩 닦으면 된다. 남들은 주부습진이 생긴다고 로션을 바른다는데, '금세 또 물을 써야 하는데' 하며 나는 손에 로션을 발라본 적이 없다. 그래서 손이 흉물스럽게 되었나. 요새는 후회도 해본다. 손톱은 나를 배신하지 않는다. 장갑을 안 쓰고 일을 하니 매니큐어가 벗겨진다. 그러면 자다가도 일어나 손톱에 매니큐어를 덧칠하며 바른다. 어렵게 아주 어렵게 장만한 다이아몬드 반지도 손에 살이 사라져 낄 수가 없다. 빙빙 돌아 부담스럽고 버스나 전철을 타면 혹시 누가 눈독을 들이지 않을까 싶어 반지를 돌려 감추기도 했다. 그것도 젊어서 한때였을까. 지금은 어느 곳에 두었는지도 모르고 살고 있다. 무변한 보석인 손톱이 내 손을 빛내주고 있는데 하면서.

세일한다고 해서 멸치 한 박스를 사왔다. 멸치는 자연 조미료다. 여러 가지 쓰임새가 많다. 나이를 먹으면 생기는 골다공증에 아주 좋은 먹거리다. 볶아먹고 튀겨먹고 졸여먹고 국이고 찌개고 어디나 쓰이는 으뜸가는 식품이다. 흰 종이를 깔고 다

듣는다. 머리와 내장을 붙잡고 떼면 몸체가 분리된다. 머리는 다시 국물을 만들 때 쓰고 배받이를 손톱으로 쪼개면 새까만 내장이 나온다. 무슨 생선이고 고기고 배받이가 제일 맛있는 곳이다. 배받이의 흠은 내장 때문인데 쓸개만 제거하고 다듬어 갈아 먹으면 어떤 조미료보다 맛이 있다. 멸치 몸체는 내가 제일 좋아하는 간식이며 보약이다. 배받이 작업을 할 때는 나의 뾰족한 손톱이 한 몫을 단단히 하고 있다.

어느 가을날 찬란한 햇빛을 마시며 비타민 D를 받으러 워커를 밀고 산책길을 나섰다. 갑자기 태풍 같은 바람이 불어 닥치더니 하늘에서 후드득 후드득 가로수 은행이 우박 쏟아지듯 떨어진다. 인도에 떨어진 은행은 지나가는 사람 발길에 툭툭 차인다. 거리는 금세 아수라장이 된다. 그것을 보는 순간 자연이 주는 선물 소중한 먹거리라는 생각이 들었다. 길거리 상점에 들어가 큰 비닐봉지를 하나 얻어 땅에 떨어진 은행을 주워 모으기 시작했다. 지나가는 사람들이 장갑을 끼고 하라고 했다. 냄새가 고약하고 물컹거리는 은행을 줍자니 기분은 좋지 않았다. 생전 처음 주워보는 은행이었다. 손이고 손톱이고 엉망이 되었다. 집에 가지고 와서 아파트 마당에 있는 수돗물로 은행을 깨끗이 씻었다. 서너 되는 훨씬 넘었다. 몸은 고달파도 마음은 흐뭇하다.

그런데 손톱이 엉망진창이 되었다. 따뜻한 물을 대야에 담아 손을 담그고 텔레비전을 본다. 물이 식으면 다시 떠다가 오랜 시간 담갔다가 손톱 청소를 했다. 시간가는 줄 모르고 만져야 말끔하고 깨끗한 손톱이 된다. 매니큐어는 밤에 발라야 예쁘게 마르므로 잠자리에 들 때 바른다. 손을 얌전히 하고 편안한 자세로 잠을 청하면 곱게 마른다. 손톱을 예쁘게 만들려면 지극한 정성이 들어야 한다. 오늘은 은행 서너 움큼 쟁반에 담아 펀치로 까본다. 그렇게 까면 반밖에 안 까진다. 나머지는 나의 손톱이 책임을 져야 한다.

고향에서 친척이 '산마'를 농사지었다고 한 박스 보내왔다. 꼭 생김새가 곰 발바닥 같다. 까기가 사납다. 비싼 것이니 막 깎아 버릴 수도 없고 과도로 살살 긁어야 하며, 나머지는 손톱으로 후벼 파야 한다. 내 손톱은 생활하는데 다양하게 쓰인다. 청소를 하든 설거지를 하든 구석구석 후비고 파야 내 직성이 풀리기 때문이다. 내 손톱은 꼭 필요한 무기 같이 없어서 안 되는 소중한 존재다.

은행은 하루에 여덟 알 이상 먹으면 해롭다고 한다. 둘이 먹으려고 열대여섯 알 볶고 우유에 산마를 갈아 우리는 밤참으로 마주 보며 먹는다. 훌륭한 간식이다. 주부가 하는 가사노동은 손이 으뜸인 것을 남자들은 아는지 모르는지. 척척 대령하는

것을 당연하다고 생각하면 서운하지만 아직도 쓸모 있는 내
손. 건강한 손톱에게 고마움을 느끼며 하루 일을 마치고 잠자
리에 들 때 나는 손톱을 어루만진다.

요가는 즐거워

남녀노소 누구나 할 수 있는 보약 같은 운동이 요가이다. 몸을 바르게, 숨을 고르게, 마음은 편안하게 해주는 요가 동작은 수만 가지가 있다. 나 같은 노인들이 꼭 필요한 요가 동작을 한시간 정도 하고나면 몸이 유연해지고 기쁜 마음이 우러나 행복해진다.

언제나 소녀 같은 감상으로 나이는 숫자에 불과함을 외치며 유쾌하고 즐겁게 지내는 나에게 청천벽력 같은 병마가 찾아왔다. 2002년 위암이 발생하여 위를 반이나 절제하는 수술을, 다음해는 폐암수술을 받았다.

2004년에는 다른 쪽 폐에 결핵진단까지 받았다. 그리고 9개월간의 길고 긴 투병 끝에 병마는 사라졌다. 그러나 체중이 20kg가 감량되어 내가 나를 알아볼 수 없도록 추한 몰골로 변모하였다. 그러자 우울증이 찾아오고 대인기피증에 걸려 홀로 삶의 의욕을 잃고 있을 때였다. 관리실에서 노인들의 요가 수업이 있으니 참석하기를 바란다는 방송이 내 귀에 쏘옥 들어왔다. 나는 수중운동을 20년 하였으나 지금은 체력이 딸려 아무 운동도 못하고 있던 중 요가는 어떤 것인가 호기심이 발동하여 참석했다. 나에게 적합한 운동이었다.

일주일에 두 번 결석하는 일 없이 열심히 다녔다. 장딴지에 경련이 자주 일어나면 파스를 붙이고 다른 다리로 두들기며 고통을 감수했다. 어느 날 운동 중에 경련이 일어나 강사에게 지압을 받던 중 '앗' 하는 비명이 터져 나올 정도로 아팠는데 그 뒤로 경련이 사라졌다. 강사는 그때 '어혈'이 풀어졌는가보다고 했다.

어느덧 일 년이 지나니 차츰 건강이 좋아지는 것을 느낀다. 전에는 재래식 화장실을 사용 못 했는데, 이제는 자유롭게 사용할 수 있을 정도로 유연해졌고, 올리고 싶었던 108배의 예도 올릴 수 있게 되었다. 일 년이 지나니 회원들이 모두 건강이 좋아졌다고 기뻐하였다. 책상다리 못 하던 동작, 엎드리지 못했던 동작, 누워서 자전거 타는 동작 등 자유로이 몸을 움직일 수 있다. 참으로 기적 같은 일이다.

대부분 사람들은 요가를 우습게 여긴다. 그게 무슨 운동이 되느냐고 하며 남편도 고관절이 아파 절뚝거리면서 요가를 안

하더니 나의 권유에 못 이겨 다니기 시작했다. 이제 남편은 누구에게나 적극 강요하며 요가를 열심히 하여 혜택을 단단히 보고 있다.

　요가는 약자에게 아주 적합한 운동이다. '이제 다 늙어서 무얼 해' 하는 마음을 가져서는 안 된다. 지금의 시작은 늦은 것이 아니라 이른 것이라고 생각하며 시작해야 한다. 타인에게 의지하지 않는 노인으로서 고종명을 이룰 때까지 건강하며 건전한 정신을 가져야 노후가 밝아진다.

2015년 11월 4일, 오늘의 일기

　어느 누가 빛 좋은 개살구라고 하였는가. 근래 쳐다보지도 않은 개복숭아가 상승하는 증권처럼 가치가 올라가고 있다. 요새 무공해라고 하면 무엇이고 날개 돋친 듯 춤을 춘다. 매스컴에서 개복숭아가 건강에 좋다는 방송을, 나는 끝날 즈음에 잠시 보게 되었는데 어디에 좋은지 좋다는 소리만 들었다.

　그(남편)는 무공해면 무엇이고 흠모한다. 과수원 아저씨는 그의 기분을 아는지 무공해면 무엇이고 다 보내준다. 개복숭아도 기관지와 폐에 좋다면서.

　나는 아저씨가 보내는 택배가 오면 걱정이다. 그런데 그는 언제고 무조건 "내가 다해 줄게." 하지만 말뿐이다. 손질하고 먹을 수 있게 만드는 일거리는 내 차지다. 내가 기침을 자주 하니 나에게 적합한 것이라며 그는 신이 나지만 아무리 내게 유익해도 나이 탓인지 체력이 달리는지 무슨 일이고 겁나고 진저리가 난다. 일거리는 자신이 만드는 것이다. 하기 싫으면 내버리면 된다. 그런데 그리 할 수는 없는 일이다. 나는 그런 나를 원망하면서 후회 속에서 자책하며 일을 한다. 그 후회 속에 또 달콤한 만족감이 생기기도 한다. 수고는 수고의 대가가 반드시 있기 때문이다. 그래서 갈등하면서도 일을 멈추지 못한다.

나는 일기를 한풀이하듯이 쓴다. 그런 나를 지켜보던 사위가 어느 날, 글쓰기를 해보라고 권유를 했다. 사위 말이 힘이 되어 분당노인종합복지관 문예부에 등록을 하였다. 그 덕분으로 글쓰기를 시작하여, 일기를 글로 엮어보기로 했다.

우리 부부에게는 성인병인 당뇨가 있다. 아침이면 무조건 무슨 보약 먹듯 당뇨약을 먹는다. 과수원 아저씨가 보내준 개복숭아 두 박스에 설탕을 들어부어 발효액을 만들었지만 당뇨가 있는 우리에게는 발효액을 먹는 건 완전히 살인행위이다. 그래도 아이들과 이웃이 함께 나누어 먹을 생각에 기쁨이 샘솟는다.

어느 날 개복숭아 항아리를 열어보니 뽀글뽀글 거품을 뿜어대며 발효되고 있었다. 생전 처음 만들어 보는 것이니 성공인지 실패인지 모른다. 며느리는 어렸을 때 개복숭아 먹어보니 시고 떫고 무조건 맛이 없었다고 한다. 손에 찍어 먹어보니 참으로 기이한 단맛이 난다.

내가 개복숭아를 소재로 글을 쓰겠다고 생각했더라면 담글 때 미리 맛이라도 좀 보았을 것을 후회를 했다. 하여튼 표현할 길 없는 단맛이 나를 현혹했다. 우선 성공이어서 안도의 한숨을 내쉬었다. 개복숭아를 조리로 건져 놓으니 그 양이 얼마나 많은지 버리자니 아깝다. 설탕물이 묻어서 반질반질 웃고 있다. 나는 큰 냄비에 개복숭아를 붓고 끓여보았다. 씨를 발라내고 믹서에 갈아 걸쭉한 주스를 만들어 경로당에 들고나가 노인들에게 맛을 보였다. 맛있다고 감탄하여, 나도 성공의 맛을 본다.

우리 마을 교회에서 노인대학을 창설한다며, 교우들이 와서 입학하기를 권하였다. 처음 들어보는 마인드 강의와 노래 공부는 전체가 가능하고, 선택한 과목은 한국어, 일어, 영어, 컴퓨터, 요가 등 다양하게 자기가 원하는 것을 선택하면 된다고 하여, 나는 서슴없이 등록하였다. 몇 번을 다녀보니 참 잘했다는 생각이 들어 만족했다. 마인드 강의가 내 마음을 사로잡았다. 또 노사연의 〈바램〉을 배웠는데 가사가 좋아 감명받았다고 할까 수준이 보통이 아니구나 내 마음을 끈다. 선택과목을 요가로 정하였다. 요가 선생님이 "다음에는 물을 가지고 오세요. 물을 먹으며 운동하면 좋습니다." 한다. 나는 이때다 싶어 개복숭아를 끓여 큰 보온병에 넣어 가지고 가서 나누어 먹으니 대환영이었다. 언제고 수고는 행복을 낳는다고 하였던가, 보온병

속에 마지막 잔은 걸쭉한 국물이 나오니 원액이야 하면서 더 즐거이 마신다.

나는 여하한 일이 있어도 문예부 결석을 안 했는데, 요사이 사정이 생겨 결석을 자주 하게 되었다. 내일은 수요일이다. 이번에는 꼭 가야지 마음먹으니, 앗! 개복숭아, 우리 문우들과 나누어 먹으면 좋겠다는 생각이 번개같이 떠오른다. 큰 통에 개복숭아를 삶는다. 이왕이면 개복숭아에 대하여 글을 써보면 개복숭아가 빛날까. 개복숭아 주스가 더 맛있을 거야, 생각하며 갑자기 글을 쓰랴, 들통에는 개복숭아가 끓고, 나는 정신없이 바빠진다.

다시 생각해본다. 일은 자신이 만드는 것이지만 나에게 돌아오는 만족감, 쾌감, 승리감으로, 피로는 먼 나라 이야기가 된다. 무공해면 무엇이고 좋다는 내 생각에 도취되어, 생전 처음 먹어보는 뜨거운 개복숭아 주스가 성공의 피날레를 장식해줄 것을 기대하며 만들어본다.

진저리치던 일이 이렇듯 나에게 즐거운 글감을 주리라, 그 누가 상상하였으랴. 몸에 좋다는 무공해니 무조건 문우들과 나누어 먹고 싶은 마음 간절할 뿐이다. 문우들의 개복숭아 주스에 대한 반응을 궁금해 하면서 일기를 쓴다.

즐거운 수요일

태양이 떠오른다. 우주를 밝히려고, 만물도 소생시키려고, 나에게 꿈을 안겨주려고, 뜨거운 빛을 내려준다.

나는 수요일만 되면 희색이 만면해진다. 문예반 수업 시간이 나를 기다리고 있고, 또 우연히 도서실에서 알게 된 자원봉사자 유효진 씨를 만날 수 있기 때문이다. 유효진 씨는 나에게 음으로 양으로 격려해 준다.

"이영순 씨는 너무 늦게 재능을 발굴했어요. '성남비전'에 수필공모가 있는데 한 번 응모해보세요."

이 말에 용기를 얻어 수필 다섯 편을 가지고 성남시청 홍보과에 찾아갔다. 담당직원이 읽어보고 나서 연락하겠다고 했다. 그 후 갑자기 남편이 감기로 입원하여 이래저래 바쁘게 생활하던 중 전화벨이 울렸다.

"여기 '성남비전'인데요. 할머니 글이 실렸어요. 약간의 원고

료가 있는데 계좌번호를 알려주세요."

까맣게 잊고 있었는데 '성남비전' 2월호에 실렸다는 것이다. 제일 먼저 정정순 문우가 축하전화를 해주었다. 또 남편 친구들이 신문을 보았다고 연락을 해왔다. 그런데 우리 아파트에는 신문이 오지 않았다. 설 연휴가 되어 배부하는 사람도 쉬는 날인가 싶었지만 고대하며 기다렸다.

연휴 다음날 수요일이다. 복지관 현관에 신문이 놓여 있었다. 나는 눈이 반짝 빛나 얼른 30장을 가져다 문우들에게 배부하였다. 지금은 자기 PR시대라고 한다. 나는 부끄러운 줄도 모르고 자랑하고 싶은 마음뿐이었다. 문예반 수업 시간에 선생님과 문우들이 축하하며 읽으라고 했다. 흥분하여 낭독할 수 없어 선생님에게 낭독을 부탁하였다. 선생님이 재치 있게 읽어주시어 글은 더욱 빛난 것 같았다. 김문한 문우가 "자연은 임자가 없다는 말이 경이로웠다." 하며 칭찬해주었다. 김준희 문우도 "참 순수하게 잘 썼다."고 격려와 칭찬을 해주었다. 고웅권 문우가 계셨다면 내 나이를 통탄한다고 하셨겠지 싶었다. 문우들의 하얀 거짓말인 줄 알면서도 나는 어깨가 으쓱해진다. 좋은 평을 해주신 문우들에게 감사하고 고마워 눈시울이 뜨거워진다.

그런데 우리 집 현관에는 아직도 신문이 오지 않는다. 홍보과에 전화를 했다. 즉시 직원이 20부를 갖다 주었다. 직원에게 다른 동네는 며칠 전부터 배부되었고 분당동은 우편함에 한 부씩 꽂아 넣기도 했다는데, 우리 구미동은 왜 그러냐고 내가 얼마나 학수고대했는지 아냐며 화를 냈다. 서운한 기분이 엄습해 왔을 때 인터폰이 울렸다.

"미안하게 됐습니다. 우리 구미동의 영광인데, 일처리가 잘 못되어 기분을 상하게 해드려 제가 사과하러 왔습니다. 죄송합니다."

동장님이 찾아온 것이다.

나는 즉시 병원에 있는 남편에게 전화를 했다.

"여보, 나 이런 사람이라고요."

"무슨 소리야!"

"동장님이 나를 찾아오셨다고요."

한껏 자랑을 해보았다. 바쁜 동장님이 직접 찾아온 고마움을 그렇게 표현해보았다.

그 일을 까맣게 잊고 며칠이 지나고 있었는데, 어느 날 남편이 말했다.

"당신 돈 벌었데."

"무슨 돈이요?"

"통장에 오만원이 들어왔는데, 아마 원고료인가 봐."

나는 기쁨의 웃음이 저절로 나왔다. 그 귀한 돈을 어떻게 적절하게 쓸까. 어떤 문우는 액자에 넣어 걸어놓으라고 농담을 했다. 나를 인정해주는 문우들에게 써야지. 시청 홍보과에도 가만히 있을 수 없지. 신문에 내보라고 권유한 자원봉사자에게는 어떡하지. 혼자 중얼거리며 행복한 고민을 해본다. 배보다 배꼽이 더 크겠다 싶다.

"골프 치다 홀인원을 하면 상금도 타지만 몇 십 배가 더 나가는 법이야."

중얼거리는 내 말을 들은 남편이 말했다.

"골프 치다 한방의 홀인원 하는 것은 완전한 실수예요. 글은 그런 것이 아니라고요. 완전히 질이 다르단 말이에요."

내가 맞받아쳤다. 우리는 아무 것도 아닌 것 가지고 자주 다툰다. 글을 우습게 여기는 남편이 미웠다.

"그래, 그래. 문예부는 내가 피자로 서비스 하지."

"그럼 고맙고요. 부탁해요."

남편의 말에 나는 생긋 웃는다. 언제나 배려해주는 남편인 줄 알면서 나는 투정을 잘 부린다.

나 자신을 돌아볼 때면 한심스러울 때가 있다. 그러면 나는 엔도르핀이 나오는 글을 써본다. 4단 구성에 얽매이지 않아도 된다는 문예반 담당선생님의 말씀에 용기를 얻어 내 감정 흐르는 대로 쓴다. 문장과 문맥이 맞지 않아도 선생님은 잘 썼다며, 열심히 쓰고 다듬다 보면 좋은 글이 나온다고 희망과 기대를 심어 주신다. 그래서 나는 염치불구하고 신문사에 투고도 해보았다. 얼마나 즐거운 문예반 수업 시간인가! 이 기쁨과 영광을 문우들과 나누고 싶다.

오는 정 가는 정

　정이란 옹달샘에서 솟아나는 샘물인가. 정이 메마른 시대라고 하지만 아직도 정은 살아 있다. 기쁨을 안겨주는 오는 정 가는 정 때문에 삶의 풍요로움을 느낀다. 십년이면 강산도 변한다는데 내게 변치 않는 정을 주는 사람이 있다.

　십여 년 전이다. 남편이 몹시 분주하게 외출을 하더니 충주에 복숭아밭을 사들였다. 그 복숭아밭이 있는 충주에 온천이 개발되면 큰돈을 벌 수 있다며 사들인 것이다. 우리가 직접 과수원을 운영할 수 없어 남에게 경작을 맡겼다. 그것을 경작하는　과수원 아저씨 부부가 우리에게 무한한 정을 주고 있다.

　복숭아가 익으면 상품은 경비에 쓰고 중품과 하품 몇 상자만 우리에게 보내주는데, 그게 미안했던지 봄이면 산나물을 한 상자씩 보내준다. 냉이, 씀바귀, 달래, 냉이, 취나물, 고들빼기, 두릅 등 수도 없이 매년 어김없이 보내준다. 나물 택배가 오면

나는 무조건 고맙다. 나물 하나하나 온 산을 오르내리며 찾아
캐아하는 정성을 알기 때문이다. 그 정을 어찌 갚아야할까 늘
감격스럽다. 그뿐 아니다. 여름에는 밭마늘, 가을에는 마, 겨울
에는 고구마 등 귀한 무공해 식품을 정성껏 보내준다.

이런 선물을 받을 때면 나는 한 번도 못 본 경작하는 분 부인
의 정성에 감복하여, 보내준 것을 알뜰히 다듬고 씻고 삶고 헹
구어 소쿠리에 받쳐 놓았다가 조리를 한다. 일거리가 태산같이
늘어나도 매우 기분이 좋다. 정을 받아먹는다는 생각이 들어
마음이 가득 차는 느낌이 든다. 몸에 좋다는 갖가지 나물 중에
는 쓴나물도 있다. 쓴 맛은 입맛을 돋우고 건강에 좋다. 쓴나물
을 정성껏 반찬으로 만들어 놓으면 남편은 몇 젓가락 대고는
그만이다. 쓴나물보다 맛있는 데로만 향한다. 그러면 내 속이
부글거리지만 버리지는 못한다. 산으로 들로 헤매며 캔 성의를
생각하면 절대로 버릴 수가 없어 결국 내 차지가 되곤 한다. 가
끔은 맛있게 반찬으로 만들어 좋아하는 사람에게 선물을 하기
도 한다.

여름에는 늘 마늘을 보내더니 올해는 가물어서 흉작이라며
개복숭아를 보내주었다. 폐와 기관지에 좋은 건강식품이라며
처음 보는 개복숭아를 보내며, 매실 담그듯 하면 된다고 알려
왔다. 보름이 지나니 더 예쁜 개복숭아와 노랗게 익은 매실이

택배로 또 왔다. 넘치도록 보내주는 과수원 아저씨다. 당뇨가 있는 남편 때문에 개복숭아와 매실에 설탕을 넣는 게 걱정되어 내가 독약을 만들고 있는 거라며 중얼거렸다. 남편은 발효되면 설탕의 나쁜 성분이 사라지니 괜찮다고 한다. 남편은 남의 말에는 무조건 따르면서 내 말은 절대 안 듣는다. 나는 속으로 당분이 거기 있지 보약으로 변하나 혼자 중얼거리며 개복숭아와 매실 효소를 담갔다.

며칠이 지나 매실을 열어보니 빛깔이 좋고 맛이 있다. 주스로 만들어 먹으면 좋을 것 같아 큰 유리병에 매실을 떠놓고 매실 샤벳을 만들어 문우들과 나누어 먹었다. 문우들은 맛있다고 야단이다. 처음 만든 작품인데 성공적이었다. 맛있다는 말에 수고로웠던 기억은 봄눈 녹듯 가시고 기쁨이 넘친다. 이렇게 정을 나누면 기쁨이 더 커지는 것 같다.

지난봄에는 나물이 없는지 민들레 한 박스가 왔다. 민들레로 나물을 해먹어 본 적이 없는 나로서는 황당했다. 저 민들레를 어떡하나, 다른 나물이 냉동실에 가득한데, 나물 말고는 무엇을 할지 몰라 여기저기 물어보았다. 모두 나물만 해먹었다고 한다. 저 많은 걸 어떻게 나물로 먹나 걱정이 이만저만 아니다. 에라 모르겠다, 발효식품을 만들어보자 싶었다. 고들빼기김치, 파김치, 갓김치, 부추김지도 담그는데 민들레김치라고 안 될

게 없을 것 같아 민들레김치를 담그기로 했다. 적당히 양념을 하여 맛을 보니 무척 쓰다. 온 정성을 다하여 내 힘껏 요령을 부려 찹쌀풀도 쑤어 붓고, 복숭아 발효액도 넣고 젓국으로만 간을 하여 갖은양념에 고춧가루를 듬뿍 넣어 재료를 아끼지 않고 만드니 큰 김치통에 가득하였다. 우거지 지지 말라고 무를 넓적하게 썰어 그 위에 덮었다. 팔 개월이 지난 어느 날 처음으로 열어보니 푹 익었다. 조금 꺼내어 송송 썰어먹으니 역시 쓰다. 그런데 먹을수록 쓴맛은 사라지고 깊은 맛이 살아나 입맛을 돋운다. 특별한 맛이 있다. 아마도 보내준 사람의 마음이 들어서, 아니 정이 들어 있어서 그런 깊은 맛이 나나보다.

나는 요즘 무척 바쁘다. 민들레김치 홍보하랴, 여기저기 나누어주랴, 바쁘다. 온 정성을 다해 이것저것 보내주는 과수원 아저씨 부부, 그것을 요리하여 여러 사람에게 나누어주는 나, 오는 정을 가는 정으로 갚고 있다.

오늘도 찌는 듯한 더운 날 땀을 흘리며 효소 담근 개복숭아가 안녕하신가(?) 보러 간다. 잘 발효되면 또 이웃들과 나누어 먹을 거다. 세상에서 처음 맛보는 특별한 맛이라고 좋아하면, 내 마음은 더 기쁠 것 같다. 오는 정 가는 정, 정을 나누며 사는 나날이 더없이 즐겁다.

식이요법

❦

비타민 D를 먹으려고 산책에 나섰다. 후미진 뒷골목에 예전
에는 이삼 년마다 변하던 간판이 '한ㅇㅇ'으로 바뀌었다. 자가
용이 정차하더니 장바구니를 든 아낙들이 들어간다. 호기심에
뒤따라가니 먹거리 그득한 상점이었다. 나는 한 바퀴 돌며 눈
도장만 찍고 출출한 김에 빵 두 개를 들고 계산대로 갔다.

"카드 주세요."

"무슨 카드? 없는데요."

내 말에 종업원은 카드 없으면 물건을 구매할 수 없다고 한
다. 별난 상점도 다 있구나 싶어, 나와 버렸다. 알고 보니 무공
해만 파는 곳인데 카드를 만들려면 이런저런 요건들이 있었다.
주민등록번호와 전화번호 그리고 카드 만드는 대금과 예치금까
지. 그냥 집으로 왔다. 집에 와서 생각하니 기분이 좋지 않았
다. 그런 절차가 번거롭기도 했다.

며칠 후 며느리가 왔다. 지난번에 갔던 상점 이야기를 했다.

"어머님 회원증 만들지 그러셨어요. 무공해로 좋은 물건만 파는 곳이에요."

"배추 한 망에 9,500원하더라. 길 건너 상가에서는 3,000원 하는데."

"그러니까 무공해지요."

"농약 안 주면 배추가 자라는 줄 아니?"

나도 모르게 톡 쏘았다. 무조건 값이 비싸면 좋은 줄 아나보다 싶었다. 그런 젊은이들의 생각이 한심스러웠다. 그네들은 우리를 어떻게 볼까. 세대차이 때문일까. 기성세대가 고루하다고 생각이 들까. 하긴 물건을 모르면 값이 비싼 걸 사라는 말도 있으니, 좋기야 좋겠지 싶었다.

나이를 먹으니 건강이 좀먹기 시작한다. 어디고 수선이 필요한 삶을 정면에서 직시하며 살고 있다. 타인에게 폐가 안 되는 생활을 하려고 노력해야 한다. 팔십이 넘으면 갈 곳이 없다. 반갑게 맞이해주는 곳은 경로당이라고 할까. 아침식사가 끝나면 복지가 잘 되어 있는 노인정을 찾아간다. 가사도우미가 있어 따뜻한 밥과 매일 새로운 반찬이 우리를 기다리고 있다. 얼마나 고맙고 감사한 일인가. 복지를 우선으로 하는 우리나라에게 감격할 뿐이지만 먼 훗날을 생각하면 걱정이 태산 같다.

경로당을 빛내주던 회원 한 분이 수심이 가득하여 고개만 외로 꼬고 있다. 다가가서 물었다.

"어디 불편하세요?"

"나는 사형선고 받았어요."

85세인 할아버지는 지독한 애연가다. 만병의 적인 담배를 기호식품이라 여긴다. 끊었다고 장담하면서 다시 피우고 냄새난다고 모두 질색하여도 다시 냄새를 풍기는 회원이다. 부인도 회원이라 나와 막역하게 지내는데, 그 아저씨에게 무서운 병마가 찾아왔다. 암이었다. 우선 항암제를 복용하면서 식이요법으로 병마와 싸움이 시작되었다. 호기심이 많은 나는 면밀히 관찰을 한다. 부인은 내가 복병의 선배라고 여겨 무엇이고 나에게 조언을 원한다. 동병상련이어서일까. 식이요법으로, 우리는 머리를 맞대고 연구해나간다.

아침 식사는 닭가슴살 반 개, 마늘 한 통, 표고버섯 1개, 파프리카, 보로콜리… 등. 약간 올리브유로 볶으면 한 대접이 된다. 큰 접시에 담고 한쪽에 밥 두 수저, 미역국, 점심은 경로당 식사, 주로 싱싱한 채식으로 이루어진다. 저녁은 오곡밥에 청국장, 생선 한 토막, 산나물, 김치는 양배추로 만든 백김치, 물론 기호식품인 담배도 끊고 한 시간 정도의 운동도 열심히 한다.

어느덧 3개월이 지나 검사를 했는데 이상했는지 재검사를 하라고 연락이 왔단다. 아저씨는 재검사를 받았다. 환자 가족들은 가슴 태우며 결과를 기다렸다. 검사결과는 무척 좋았다. 의사가 말했단다.

"좋습니다. 지금까지 하신 대로 하세요."

약 처방도 없단다. 완치된 것인가 안도의 한숨이 나왔다. 그동안의 노고는 사라지고 부인과 나는 기뻤다.

그런데 5,6개월이 지나니 아저씨한테서 또 담배냄새가 나며 허튼소리도 잘하는 것이 술도 마시는 것 같았다. 부인에게 물어보니 식이요법도 안 하고 맵고 짜게 먹으며 물도 안 마신단다. 그러면서 "내 병은 내가 알아." 큰소리치며 도로 옛날로 돌아갔다고 한다. 부인은 자기 마음대로 하니 모른다고 백기를 들었다. 3개월이 지나 검사하니 결과가 좋지 않았다. 아저씨는 자기의 과오는 인정 안하고 뼈로 전이되었으면 인생 마지막이라고 식구들을 불편하게 했다. 부인은 "고의로 병을 길러 재발되었으니 알아서 해요." 했단다. 그리고 집안은 우울의 도가니가 되었다. 아저씨는 과거를 즉시 잊어버리는 편리한 두뇌로 만들어진 사람 같다. 여자는 약자인가. 부인은 인내라는 묘약을 먹고 다시 식이요법으로 들어갔다. 그제사 아저씨는 정신이 났는지 담배 냄새도 안 나고 부인에게 순종하며 조용히 지내는 것 같았다.

다시 3개월이 되어 검사하니 결과가 다시 좋게 나왔다. 술래잡기하는 것처럼 식이요법을 하니 암수치가 널뛰듯이 올라갔다 내려갔다 하다니. 식이요법의 경이로움을 새삼 느꼈다. 참으로 놀랍다. 이번에는 항암제도 안 먹고 완전히 식이요법만 하고 담배와 술을 멀리 했을 뿐인데 병이 완전히 사라졌다. 신기하여 내가 더 기뻤다.

어느 때부터인가 우리 집 식탁도 변해가고 있다. 장아찌와 젓갈 종류는 사라지고 가격 저렴한 양배추김치로 식탁을 빛내고 있다. 영양 충분한 음식을 잘 선택하여 고루고루 균형 있는 음식이 최고의 보약임을 명심해야 한다.

나는 믿는다. 담배는 만병의 근원이라는 사실을. 식이요법이 사람의 생명을 좌우할 수 있다는 경이로움을 새삼 깨달았다. 누구나 노력하면 건강을 지킬 수 있다는 생각이 든다. 모든 사람에게 알리고 싶은 간절한 마음이 들어 글을 써본다.

완전한 포기는 없어

어느 때부터인가 건강이 제일이라고 너나 할 것 없이 운동을 한다. 나이든 우리에게는 수중에서 하는 아쿠아로빅이 제일 좋단다. 수중에서 50분을 뛰어도 피곤한 줄 모르는 운동을 나는 다닌다. 물에서 나오면 샤워를 하고 젊으나 늙으나 거울을 보며 쓰다듬는다. 생김새는 자기의 타고난 개성이며, 부모의 유산이지만 머리 스타일은 자유로이 할 수 있는 건 아닌지.

"어머! 요번 파마는 어디서 했어? 참 잘나왔다."

"효자촌에서 했는데, 미용사가 얼마나 섬세하고 꼼꼼히 친절하게 해주는지 참 기분 좋아. 커트도 잘해."

"그래! 요번에는 거기 좀 가볼까?"

여자들이 우르르 몰려가는 통에 나도 끼었다.

아파트 1층의 첫 방을 미용실 시설로 꾸며놓았다. 무허가로 보였다.

노인에게 봉사하는 것이 여실히 엿보이며 가격도 저렴하다. 처음에는 투서가 들어가 몇 번 조사를 받았다는데, 노인들의 항의로 이제는 자유로이 영업을 한다. 미장원 아줌마는 귀엽고 복스럽게 생겼으며, 상냥한 미소가 나를 끌어당긴다. 파마도 진심에서 우러나는 마음으로 하는 모습이 내 마음에 스며든다. 그래서인지 나는 자주 가게 된다. 그런데 그 아줌마는 몹시 바쁘다. 손님도 많지만 살림도 혼자 하기 때문이다.

아줌마의 가족은 자유분방한 남편과 아들 셋이 있다. 아줌마는 도와줄 사람이 하나도 없는 것 같았다. 나는 물이 마시고 싶어 살며시 부엌문을 열었다가 화들짝 놀라고 말았다. 설거지가 태산같이 쌓여 있다. 설거지를 해주고 싶지만 소리가 나면 아줌마가 미안해할 것 같아 물만 마시고 나왔다. 거실도 엉망진창 난장판이었다. 널브러진 신문지, 수북한 담배꽁초가 든 재떨이, 여기저기 널려 있는 책들, 소파 위에는 산더미같은 빨래, 건조대에는 미장원에서 쓰는 수십 개의 수건들. 발 디딜 틈도 없다.

나는 조용히 신문, 책, 재떨이를 치우고 수건부터 갰다. 빨래도 정리해 주려니까 하나같이 모두 뒤집혀져 있다. 티셔츠, 바지, 러닝셔츠, 팬티, 양말 온통 남자들 것뿐이다. 뒤집힌 채 빨래를 하면 제대로 깨끗이 안 될 뿐 아니라, 갤 때 여자들 누구나 짜증이 나며 싫어할 거다.

빨래를 정리해 주고 아줌마에게 물었다.

"이렇게 바쁜데 아무도 안 도와줘요?"

"아무리 부탁해도 어쩔 수 없어 포기했어요. 처음에는 몸에 열이 나고 위경련까지 일어났는데 포기하니 지금은 몸도 마음도 편해졌어요."

아줌마가 쓴웃음을 지으며 말했다.

나는 내가 생각했던 것을 절대로 포기 못하는 성격이다. 그래서 가족과 자주 다툼이 생겨 내 건강을 해치고 있다는 것을 잘 안다.

"그럼 아줌마가 뒤집혀진 속옷들은 정리해줘요?"

"포기했는데 왜 해요? 그냥 놔두면 자기들이 잘 알아서 찾아 입어요."

아줌마는 또 쓴웃음을 짓는다. 나도 마음에 안 드는 점은 포기하면 잊어질까.

집으로 돌아와서 딸에게 전화를 했다.

"나는 이제부터 포기를 연습해야겠다."

"엄마는 며칠 못 갈 걸요?"

내 성질을 잘 아는 딸은 믿지 않는 눈치다.

나에게 '포기'라는 말은 '나 자신을 버린다.'라는 생각이 들며 나의 의지가 산산이 부서지는 것 같다. 나도 포기하면 모든 점에 좋다는 걸 잘 알고 있다. 가정이 화목하고 집안도 편안해진다는 것도 안다. 그러나 남편부터 가족 누구든지 자기 본위로만 살 권리가 없으며, 여자라고 해서 모든 고통을 감수해야 한다는 것은 용서되지 않는다. 미장원 아줌마는 이길 자신이 없으면 포기하는 게 상책이라고 하지만, 아줌마처럼 포기하지 못하는 성격 때문에 내가 괴로울 때가 있다. 남편의 퉁명한 말과 행동, 결혼 후 한 번도 하지 않는 애정 표현, 자식들의 무뚝뚝함. 그러려니 해야 하는데, 팔십 고개를 넘은 지금에도, 나는 아직 기대를 하고 집착하는 것 같다. 이제는 포기가 익숙해져야 할 텐데. 아직도 기대와 집착에 강한 나 자신을 보면 많은 반성을 하게 된다.

사람마다 다른 성격과 생활습관이 있다는 것을 알고 이해해야 한다. 이제 느긋하며 포용할 줄 아는 사람이 되어야겠다고 생각을 한다. 그러면서 한편으로는 좀더 애정을 가지고 나를 대해줬으면 하는 바람 또한 가져본다. 얼마 남지 않은 인생이라도 남편과 자식에 대한 '완전한 포기'는 결코 할 수 없을 것 같다.

변해버린 설날

　설날이 되면 무조건 좋았던 어린 시절이 주마등같이 떠오른다. 자리끼를 떠다 놓으면 살얼음이 지고 문고를 잡으면 손이 얼어붙던 시절, 매서운 추위 속에서 밤새워 여인들은 설 준비를 하였다. 섣달그믐 날은 까치설날이라고 하셨던 할머니가 떠오른다. 잠들면 눈썹이 세어진다는 할머니 말씀에 눈을 부릅뜨고 잠을 쫓던 시절, 할머니가 밀가루를 개어 눈썹에 발라주시는 것도 모르고 아침에 거울을 보며 대성통곡하면, 어머니는 "아가, 어서 씻고 설빔 입자." 하시며 새 옷을 입혀주셨다.

　내가 글을 쓰므로 어린 시절을 글로 표현할 수 있다는 기쁨을 맛본다.

　시댁은 양력으로 설 명절로 모신다. 음력 섣달그믐 날이 시아버님의 기일이기 때문이다. 양력 설날은 여러 가지로 좋은 점이 많다. 날씨가 따뜻하고 물가가 저렴하며 오촌당숙부터 딸네 식구, 사촌, 육촌들 모두 모일 수 있어 좋다. 며느리들의 노고가 걱정스러워 눈치를 살피면 며느리들은 "일 년에 한 번 대소가들이 모이시는데, 저희들도 보람을 느끼며 즐거워요." 한다. 그 말에 나는 안도의 마음을 가진다.

차례를 모시고 나면 모두 제상에 둘러서서 음복을 하며, 자기 기호에 맞는 음식을 먹는다. 이 풍습은 조상님과 공식(共食)한다는 뜻 깊은 의미가 있는 격식을 갖추는 예식인 것이다. 세배가 우선이지만 모두 시장하여 아침식사를 먼저 준비한다. 나는 참석자에게 금일봉이나 선물보다 요리 한 가지씩 해오기 부탁하면 솜씨자랑 겸 정성껏 준비해 온다. 밥상은 금세 화려한 요리상으로 춤을 추며 맛 또한 일품이다. 이것 또한 며느리에게 배려하고 싶은 나의 착안이다.

세배를 한다. 형과 시동생의 맞절, 나, 동서, 시누 등 서열을 맞추어 서로 맞절하며 덕담을 나눈다. 일대가 좌정하면 이대가 순서대로 세배를 올리며 우리에게 금일봉을 준다. 그들의 성의 표시에 나는 흐뭇하다. 삼대가 세배를 하면 격에 따라 세뱃돈을 주는 맛 또한 달콤하다. 이대끼리 서로서로 맞절을 하며, 새해의 계획을 덕담으로 나눈다. 그리고 자리에 앉으면 삼대가 세배를 한다. 삼대들은 서로 악수와 포옹으로 마무리한다. 얼마나 아름다운 풍경인가. 어디서도 맛볼 수 없는 사랑스러운 광경을 나는 만끽한다. 무에서 유를 창조해 놓은 나의 열매들이다. 나는 영원한 행복을 축원해준다.

까맣게 잊었던 우리 고유의 놀이가 생각난다. 설 명절에는 멍석을 마당에 깔고 윷놀이, 연날리기, 팽이 돌리기, 제기차기, 딱지치기, 쥐불놀이, 땅따먹기, 널뛰기, 줄넘기, 사방치기, 고무줄놀이, 공기놀이 등 헤아릴 수 없는 우리 고유의 놀이가 있다. 그런데 이 고유의 문화는 사라지며 외면당하고 있지 않은가.

우리는 윷놀이를 한다. 식구가 많아 한판승부다. "윷이요." 하면 "빽 도요." 하며 함성의 도가니를 이룬다. 우리는 상품을 소모품으로 준비하며, 쇼핑백에 넣어 테이프로 붙여 나열한다. 일등서부터 우선권이 있다. 큰 것이 좋은 것인가, 작은 것이 좋은 것인가, 작은 것이 비싼 것이냐, 서로 찾아가는 모습들이 대견스럽고 즐겁다. 어른들은 동양화 공부로, 젊은이는 당구장이나 노래방으로, 아이들은 컴퓨터로 또는 이야기꽃을 피우며 두 시간 정도의 오락이 끝난다.

늦은 점심 겸 이른 저녁으로 식사를 시작한다. 그러면 나는 부엌에 있는 며느리를 참석케 하여 샴페인을 터뜨려 새해의 기쁨을 '이대로'를 외치며 축배를 든다. 식사는 술자리로 변한다. 주거니 받거니 하는 술잔에는 정이 넘쳐흐른다. 우리가 건강하게 고종명을 이룰 때까지 우리 집 설날의 풍습이 무변하기 소망한다.

어느 때부터인가. 명절이 변해가고 있다. 황금 같은 연휴라 하여 해외여행을 가는 사람이 있는가 하면, 국내여행을 하는 사람은 콘도에서 차례를 모신다는 야릇한 말도 들린다. 차례와 제사는 그 나라의 고유한 문화며 조상님이 계시어 우리가 생존한다는 것을 젊은이들은 망각하고 있는 것 같다. 명절, 제사 때 시댁에서 조금만 수고를 하면, 후유증이니 증후군이니 하면서 떠들어댄다. 이런 매스컴 또한 문제다.

만인이 부러워하는 우리 집 설날 풍경도 변하고 있다. 딸들이 해외교민이 되었으며 동서가 '췌장암'으로 먼저 세상을 떠났다. 먼 친척들도 쓸쓸한 명절에 환멸을 느꼈는지 사정이 생겼는지 한 집 두 집 빠지기 시작했다. 이제 즐겁고 인간미 넘치며 풍요로웠던 명절은 사라졌다. 옛 말에 먼 친척보다 가까운 이웃사촌이 낫다고 하지만 새장 같은 아파트는 철문이 닫히면 이웃이 없는 듯 사라진다. 서로 문을 두들기며 다가가면 좋은 이웃사촌이 살아난다. 무슨 일이 생겨도 가까운 이웃이 먼 친척보다 나은 것은 사실이다. 핵가족으로 사는 시대, 서로의 안부를 묻는 사랑스러운 이웃에게 따뜻한 손을 내밀면, 삭막한 아파트에서도 이웃사촌은 우후죽순같이 돋아난다고 확신한다.

세월의 흐름에 우리 집 설날도 옛이야기로 변한 것일까. 다양한 우리 고유의 많은 놀이도 잊히고 있지 않은가. 우리도 각성해야 한다. 명절의 단 하루라도 기억하며 우리의 민속놀이를 즐겨보았으면 하는 바람을 해볼 뿐이다. 앞날이 불안해져 세상이 먹구름이 덮어지는 듯 깜깜해진다. 어린이나, 노인이나, 사람들 손에는 다양한 기능을 자랑하는 전화기를 손에 보물 제1호로 간직하며 들고 다닌다.

"여보, 어떡하지?"

"세상이 다 그런 걸."

마음이 시려온다.

추석

추석이 다가오면 어린 시절 할머니의 옛이야기가 떠오른다. 할머니는 추석에는 달 속의 토끼가 계수나무 밑에서 절구통에 쌀을 빻아 송편을 만들어 우리에게 보내준다고 하셨다. 그러면 나는 휘영청 밝은 보름달을 유심히 살펴보곤 했다. 달님 속에는 참으로 나무가 있고 떡방아 찧는 토끼를 분명히 본 기억이 생생하게 난다.

추석을 앞두고 며느리에게 전화를 한다. 경쾌한 음악소리가 나면 이내 며느리의 음성이 들린다. 우선 안부부터 묻는다. 그리고 장을 보았느냐, 수고가 많겠구나. 애 써야겠네, 고맙다. 하며 다독거리는 전화를 사랑스런 두 며느리에게 해준다. 큰아들은 제사상에 올릴 제물을 장봐오고 며느리를 잘 도와준다. 큰며느리는 탕국을 끓이고 제육을 만들며 닭찜, 조기찜, 나박김치, 식혜 등 수많은 차림의 제상준비를 해야 한다. 작은며느리는 다섯 가지 나물에 다섯 가지 전을 부쳐온다. 이 또한 만만치 않은 수고다. 밤은 작은아들의 책임이라고 한다.

충청도 우리 고향 풍습에서 추석은 송편으로 차례를 모신다. 삼대의 조상님께 올릴 송편 여섯 그릇과 산소에 올릴 것까지 마련하자면 쌀을 한 말은 족히 해야 한다. 열나흘 새벽 어머님은 불린 쌀 한 말을 머리에 이고 방앗간에 가서 줄을 서서 쌀을 곱게 빻아 와 익반죽을 하신다. 나는 깨를 볶고 콩을 살짝 삶아 설탕과 소금을 약간 넣고 조린다. 콩이 쪼글쪼글해지면 쫀득거리는 맛있는 송편소를 만든다. 어머니와 둘이서 송편을 빚으면서 점점 불어나는 송편무더기를 바라보고 마주보며 웃던 기억이 새록새록 떠오른다. 냉장고도 없는 시절에 제사준비를 어떻게 했는지 까마득한 옛 이야기다.

어느 해인가 며느리가 제안을 해왔다.

"어머님, 송편을 큰 접시에 보기 좋게 담아놓고요. 아침 식사를 해야 하니 메 차례를 하면 어떻겠어요?"

나도 동감이었기에 완고하기 그지없는 남편에게 듣기 좋은 말로 설득하였다. 며느리 사랑은 시아버지라고 겨우 어렵게 승낙을 받아냈더니 며느리는 한술 더 떠 떡집에 시켜서 송편을 배달까지 해왔다.

"큰애야, 떡집 송편은 고물이 적어 맛이 없구나."

"어머님, 송편은 살을 먹자는 것이고, 만두는 속을 먹자는 거예요."

며느리가 야무지게 대답한다. 내가 송편 만들 능력이 없으니 입을 다물고 말았다.

차례가 끝나면 교자상을 두 개 놓아 아침상을 본다. 김치, 나박김치, 제육, 전, 나물, 탕국, 밥이 나오면 모두 둘러앉는다. 식사를 하려고 수저를 들면, 언제 준비했는지 오색찬란한 해파리냉채, 연어샐러드, 따뜻한 갈비찜, 잡채가 어우러진 밥상이 차려진다. 모두 자기 기호에 맞는 요리에 수저가 바삐 움직인다. 나부터 해파리냉채에 젓가락이 먼저 가는 걸 어찌하리! 뻣뻣한 제육이나 전 그리고 나물보다 이것이 내 입에 더 맛있는 것이 사실이다. 음식도 눈으로 먹는다고 하지 않던가.

옛날에는 명절 때나 제사 때 쓰려고 쌀을 따로 갈무리해 놓았다가 쌀밥으로 메를 올렸으며, 콩과 녹두를 맷돌에 갈아 두부와 빈대떡을 만들고 솥뚜껑에 여러 가지 전을 부치고 지지고 볶았다. 밤을 새워 송편을 만들고 많은 시간과 정성을 들여 음식을 장만하는 동안 다함께 즐거워하였다.

나는 분명히 이 모든 수고에는 이유가 있다고 생각한다. 그때 그 시절에는 명절이 되어야만 맛있는 음식을 마음껏 먹을 수 있었기 때문에 주부들이 즐겨 일을 했던 것이라는 생각을 한다. 요새는 시대가 발전하고 살림살이가 좋아져서 제사음식보다 더 맛있는 요리가 얼마든지 많다. 그러니 먹기가 마땅치 않은 제사음식을 만들기 싫은 것이 당연지사 아닐까.

시대가 날로 급변하고 있다. 그렇다고 우리의 고유한 전통문화와 풍습도 이에 편승하여 변해서야 되겠는가. 온갖 매스컴에서 명절 후유증이니 증후군이니 하고 무슨 큰 사건이나 난 것같이 문제 삼아 떠들어대는 게 더 문제이다. 예의와 도덕이 사라져버리는 시대인 것이 안타깝다. 과거가 있어 현재가 있는 것이고, 선조가 계심으로 후세가 있는 법이며, 물은 반드시 아래로 흐른다는 것을 망각해서는 안 된다. 우리의 소중한 역사와 전통문화가 영원히 지켜지기를 기원한다.

심화반 생일

탄생은 축복 속에서 환영을 받으며, 기쁨과 사랑으로 가슴 가득하게 한다. 우리는 만 3년이란 세월 속에서 얼마나 고대했던가. 2014년 5월 13일 문예 심화반이 탄생했다. 오늘 생일을 맞이하게 되었다.

문예반에 한 번 와서 공부해 본 사람은 누구나 문예반에 다시 머무르고 싶어 한다. 담당 강사 최 선생님의 마술에 걸린 듯싶다. 그런데 복지관에서는 여러 사람에게 혜택을 주려는 철칙이 있는지 신청자가 많아 누락되고 다음 학기를 기다리는 수가 허다하다. 계속 공부함으로써 동료들끼리 동인지도 낼 수 있으며, 자기 작품집도 펴낼 수 있고, 소설이나 자서전 등도 쓸 능력을 키울 수 있는데, 당첨되지 않으면 꿈과 소망이 사라져버린다.

이래서는 안 되겠다 싶어 문우들이 동참하여 정식으로 서류를 작성하여 관장님께 제출했다. 여러 문우들의 도움과 복지관의 배려로 심화반이 탄생했다. 심화반에 합격한 나는 구름 위를 걷는 기분이다. 무조건 심화반을 빛내고 싶다. 우리 반의 생일을 어떻게 장식할까 꿈을 꾸며 그려본다. 샴페인을 힘껏 들어 축복하며 브라보! 외쳐 볼까. 아니, 간소하게 문우들과 자축하는 것이 좋을까.

"내가 도와줄 것 있으면 도와줄게."

고민하고 있으니 그가 말한다. 나는 그의 도움이 없으면 아무것도 할 수 없다.

가까운 문우에게 상의해본다. 피자로 자축하면 생일이 빛날까? 대답은 좋지, 라고 한다. 용기를 얻어 따뜻하고 맛있고 가격이 저렴한 피자로 결정지었다. 그는 하나로 마트에 가서 박스를 구해다 준다. 꼭 알맞게 나는 제조한다. 온 집안은 스티로폼으로 아수라장을 이룬다. 박스가 완성되는 순간의 희열을 말로 표현할 길이 없다.

5월 13일, 심화반 첫날 문예부 담당 복지사가 오더니 커피나 음식이 안 된다고 주의사항을 말했다. 문우들이 아쉬워한다. 문우들은 우아하게 커피향을 맡으며 한 모금의 커피로 몽롱한 꿈속에서 문우들의 시낭송을 감상하며, 수필 낭독을 향기에 취해 듣는다. 그런데 우리의 기분도 모르면서 무조건 안 된다고 하니 섭섭했다.

"왜 안 돼요? 우리는 음식을 먹는 게 아니라 간식을 하는 것
뿐입니다."

내 말에 모두 웃음꽃이 피었다. 그래서 깨끗이 뒷마무리를
잘하는 것으로 일단락 지었다. 큰일 났다. 휴식 시간에 그가 피
자를 가지고 올 것인데 어떡하지 싶었다. 나는 용기를 내어 큰
소리로 말했다.

"오늘은 내 생일이라 문우들과 빵을 나누어 먹고 싶은데 그
것도 안 됩니까?"

또 웃음꽃이 함박눈처럼 쏟아진다.

휴식시간에 맞추어 그는 배달부로 변신하여 어김없이 피자
를 갖고 왔다. 나의 생일이 아님을 말할 시간도 없이 선생님이
오늘은 이영순 님의 생일이니 축하의 노래를 하자고 하여, 난
데없이 내 생일로 둔갑되었다. 노래가 끝나자 나는 꿈에서 깨
어난 듯 소리쳤다.

"심화반 생일이잖아요."

심화반의 생일을 강조하며 따뜻한 피자파티가 이루어졌다.
얼마나 정겨운 우리들의 꽃밭인가. 하잘 것 없는 간식으로 모
두 즐겁고 기쁜 모습의 우리들 우정은 한없이 익어간다.

아무리 설쳐대도 나이는 못 속이는 법인가 보다. 내일 모레

5월 15일 스승의 날인 줄 기억하였는데, 갑자기 나타난 복지사로 인해 스승의 날도 망각했다. 심화반 생일을 축하도 제대로 못하고, 나의 계획한 작품은 모래성같이 무너졌다. 선생님 죄송하고 감사합니다. 아무 것도 할 수 없는 나에게 꿈과 용기로 젊음을 찾아주셨습니다. 심화반 생일을 진심으로 축하합니다, 하고 속으로 되뇌었다.

분당노인복지관이 사라지지 않는 한 우리가 갈망하던 심화반은 영원히 빛나리라 믿는다. 복지관에 감사함도 함께 느끼면서.

3

하얀 거짓말

질경이

소달구지가 지나간다. 마차도 리어카도 개들도 사람들도 볼일을 보면서 길가를 걷는다.

"너는 왜 지나가는 곳에서만 사니?"

"너희들이 아무리 짓밟아도 나물은 내가 제일 맛있고 너희들에게 얼마나 이로운지 모를 거야."

질경이의 대답이다. 질경이는 질경질경 밟아도 오뚝이처럼 일어서며 열매를 맺어 후손을 길거리에 번식시킨다. 강인한 그 생명력에 감탄이 나온다.

나의 집에 반갑지 않은 도둑보다 더 무서운 손님이 그이에게 수도 없이 무더기로 찾아왔다. 이런저런 병들이다. 밀어내도 두들겨 패도 손님은 안 가고 벗 하자고 밀고 들어왔다. 건강교실을 운영하는 고 선생님에게 상담하니 질경이를 뿌리와 씨앗째 끓여 먹으면 좋다고 한다. 인터넷 검색을 하니 항암작용을 하는 힘이 있단다. 5월과 6월 사이가 채취하기 좋은 때란다. 나는 무엇보다 질경이의 강인한 생명력에 매혹을 느꼈다.

아파트 근처는 공해가 심하므로 광주 산골로 질경이 사냥을 나섰다. 참으로 질경이는 길거리와 산으로 오르는 산길에서만 서식한다. 연약한 것, 강하게 생긴 것, 열매 맺은 것, 닥치는 대로 딴다. 어쩌다 몇 년 묵은 것 같은 큰 질경이를 보면, '심봤다' 하고 소리친다. 그렇게 반갑고 기쁠 수가 없다. 열심히 캐다보니 뙤약볕이 뜨거워 땀이 비 오듯 흘렀다.

다음을 기약하며 귀가 길에 맛보는 냉면의 맛은 꿀맛 같다. 이렇게 환상적인 냉면은 생전 처음 먹어보는 것 같다.

어서 나쁜 손님을 쫓아버려야지. 신문을 깔고 채취해온 질경이를 다듬는다. 마음이 급하다. 실한 놈을 골라 들통에 담아 끓인다. 얼마나 끓여야 되는 건지도 모른다. 3시간은 끓여야지 약물이 우러나겠지. 빛깔이 거무틱틱하다. 식욕이 나지 않게 생겼다. 그러나 나쁜 놈을 죽이기 위해서는 먹어야 한다. 나쁜 손님은 담배, 술, 카페인, 지방이 많은 고기를 좋아한다. 신선한 과일, 야채, 담백한 고단백을 싫어한다. 어떤 지인은 미역귀를 제일 싫어한다고 가르쳐준다. 나쁜 손님을 내쫓기 위해 맛없는 것만 먹는 것도 여간 고역이 아니다. 그러나 싸워서 이겨야 한다.

우리나라는 좋은 나라다. 국가를 위해 몸 바친 유공자는 보훈병원에서 무료로 치료해 준다. 건물도 근사하고 친절하고 시설 또한 다른 병원에 비할 바가 아니다. 병원에 입원하여 나쁜 손님이 싫어하는 약과 음식 질경이 음료만 먹는다. 먹은 지 50일이 지나 보훈병원에 가서 검사를 하니 많이 좋아졌다고 한다. 석 달 후에 다시 검사를 하니 약으로 치료해도 되겠다는 희소식을 전한다. 무엇 때문에 나쁜 손님이 달아났는지 모른다. 약 때문인지 질경이 때문인지, 하여간 나아지고 있었다.

집안에는 밝은 태양이 비치고 나는 희망에 부푼다. 고 선생님과 문우들에게 감사하다. 밟고 지나가는 하잘 것 없는 질경이에게도 고마움을 느낀다. 우리는 그 무엇도 무시하지 못하는 것들 속에서 살고 있다.

하얀 거짓말

　사람은 일생동안 몇 백, 몇 십만 번의 거짓말을 하며 산다고
한다. 영국에서는 남에게 해를 끼치지 않는 거짓말을 '하얀 거
짓말'이라고 하고, 죄 있는 거짓말을 까만 거짓말이라고 한단
다.

　벚꽃 축제가 한참인 윤중로는 천지가 백색인 듯 벚꽃을 비춰
주는 네온사인으로 오색찬란한 야경이 아름답다. 흐드러지게
핀 벚꽃이 부리는 교태를 감상하려는 사람들이 파도같이 밀려
든다. 관광코스로 지방 사람들은 윤중로 벚꽃 축제를 찾고, 서
울사람들은 진해 군항제를 찾는다. 나도 80년을 서울에 살면서
23년 전 처음으로 운정동 벚꽃 축제를 본 후, 유람선을 타고
잠실까지, 다리마다 맛이 다른 감미로운 자태를 감상한 적이
있다. 한두 번은 구경하여도 볼만한 절경이라 생각된다.

　황홀한 벚꽃 밑에서 여인들이 모여 왁자지껄 떠든다. 소꿉친

구를 만난 모양이다.

"아유, 참 오랜만이야! 십년은 젊어 보이네. 무슨 비결이라도 있어?"

"무슨 말씀, 자기는 시집을 가도 되겠네. 새색시처럼 고와졌다."

말도 안 되는 웃기는 소리를 연발하며 번잡스럽게 얼싸안고 난리다.

거나하게 취한 아저씨들이 전철에서 죽마고우를 찾았는지 시끌벅적하게 떠들어댄다.

"야! 자네 얼굴 잊어버리겠다. 몇 번 전화해도 연락이 왜 안 되지?"

"전화가 안 될 리 없는데, 아무리 바빠도 소식은 있어야지!"

친구로 보이는 아저씨가 고개를 갸우뚱한다.

"우리 이제 연락하여 대포라도 한잔하세."

아저씨들은 큰소리로 왕왕대며 끝없이 떠든다. 옆에서는 기관총에 따발총까지 심지어 눈총까지 쏘아대지만 아랑곳없이 전철 속을 요란스럽게 들썩들썩거리게 만들고 있다.

위의 대화에서는 참말도 있지만 거짓말이 훨씬 많다는 걸 우리는 경험을 통해 잘 알고 있다.

나는 하얀 거짓말을 잘한다. 재미있는 이야기를 하자면 거짓말을 섞어야 한다. 나는 건강을 위해 아쿠아로빅에 다닌다. 노인에게 제일 좋은 운동이라고 하니 너도 나도 모여드는 것 같다. 거기에 백발의 친구가 있다. 염색을 하면 부작용이 생긴다고 염색을 못한다. 백발은 머리 알이 건강하여 파마가 잘 나온다. 그래서 자연스러운 웨이브 백만 불짜리 머리를 가지고 있다. 나는 그 친구에게 흰머리 소녀라고 불러준다.

"어이! 흰머리 소녀 오늘도 건강히!"

이렇게 인사를 하면 소녀라는 단어에 그 친구는 매우 기분이 좋고 기뻐진단다.

우리 연배에도 몸이 늘씬한 사람이 있다. 그런 사람이 나는 제일 부럽다. 혼자서 젊음을 가진 것 같은 그녀는 나의 선망의 대상이다.

"미세스 몸짱!"

"형님!"

내 부름에 그녀는 좋아서 나를 얼싸안는다. 하얀 거짓말로 잠시라도 즐거운 시간이 주어진다.

우리는 많은 거짓말을 하지만 대부분은 다른 사람에게 해를 입히지 않는 거짓말이다. 그것은 생활의 활력소가 되기도 한다. 부모님의 거짓말에는 자식을 위한 사랑이 들어있게 마련이다. 우리 어린 시절을 더듬어보면, 모성애 속에 있는 거짓말은 당분이 꿀처럼 가득하지 않은가. 아들딸들의 거짓말 속에도 어버이를 위한 영양소가 듬뿍 들어 있다. 사랑이 가득 찬 아름다운 거짓말은 우리의 보배이다.

우리 모두 하얀 거짓말을 하자. 멋진 노후를 즐겁게 보내기 위하여. 행복한 거짓말로 나날을 슬기롭게 살고 싶은 게 나의 소망이므로, 나의 하얀 거짓말은 계속될 것이다.

나도 하얀 거짓말을 좋아한다. 맞춤법, 띄어쓰기, 문장, 문맥이 엉망인 나에게 문예반 최 선생님은 숙제를 내주신다. 학우들은 하루가 다르게 뛰어가는데, 나는 언제나 거북이처럼 제자리에 서 있는 걸 내 자신이 잘 알고 있다.

"선생님, 자신이 없어요."

"생각나는 대로 쓰세요. 잘 쓰시면서."

선생님은 나에게 용기를 주신다.

나는 기다렸다는 듯이 밤을 낮 삼아 몇 번을 쓰고 읽고 또 다시 써본다. 선생님의 하얀 거짓말에 도취되어 술독에 흠뻑 빠져버린 듯 허우적대며 열심히 쓰고 또 써본다. 팔순이 넘은 나에게 이런 날이 있을 줄 그 누가 알았으리.

나의 글을 보아주는 학우들에게 감사하며, 제 2의 인생을 사는 보람을 느끼며, 나는 오늘도 '하얀 거짓말'을 기다린다.

다람쥐와 경로당

푸르고 싱싱한 여름산은 다람쥐의 충분한 놀이터이다.

가끔 탄천을 거닐다 보면 똥그란 눈동자를 빛내며 연신 입은 오물오물거리며 뛰어노는 다람쥐를 자주 보게 된다. 열매가 열리는 가을철에는 겨울 양식을 준비하는 건지 더 분주하다. 다람쥐를 보면서 만물의 영장인 우리는 노후대책을 어떻게 하고 있는지 반성해야 한다는 생각을 한다.

복지사업이 잘되어 있는 우리나라에는 아파트마다 경로당이 있다. 그런데 고종명을 곱게 보내고자 하는 한심스런 노인들뿐이다. 경로당에는 없는 게 없다. 텔레비전과 노래방 기계, 갖가지 운동기구, 점심식사에 필요한 대형냉장고, 김치냉장고, 가스레인지와 전자레인지, 밥솥, 쌀 등도 주고 심지어 부식대도 주고 가사도우미도 있다. 점심때 맞추어 가면 왕비마마같이 앉아만 있으면 따뜻한 밥에 매일 메뉴가 바뀌는 부식으로 감사히 먹어주기만 하면 된다. 식사가 끝나면 우아하게 커피 한 잔 마시고 간단한 과일도 먹는다.

나라에서 이렇듯 극진하게 경로우대를 해주다니…, 참으로 감사하고 고마운 일이다. 할아버지 방에는 컴퓨터가 대여섯 대 있고, 둥그런 식탁에 안락한 의자로 꾸며졌어도 할아버지들은 잘 오지 않는다.

설날, 어버이날, 삼복 때, 망년회 등 무슨 행사가 있으면 외식도 시켜준다. 연말이 되면 속내의나 따뜻한 목도리, 어느 때는 양말 등 선물도 준다. 여름에는 시원한 에어컨도 있고, 겨울에는 따뜻한 난방, 천국이 따로 없다고 하여도 과언이 아니다.

문제는 회원이 늘지 않는다. 거기에는 이유가 있다. 여기저기 문화센터가 많다. 더욱이 각 동회에도 여러 가지 운동과 서예, 동양화, 문예, 노래교실이 있어 약간 비용만 지불하면 배움의 길이 얼마든지 많다. 이곳을 이용하려면 우선 건강이 허락되어야 한다. 거동이 불편하면 그림의 떡인 것이다. 건강이 보배이다.

햇볕이 잘 쬐는 날이면 점심식사를 하고, 나는 워커를 밀며 산책 삼아 이웃 경로당에 잘 찾아간다. 경로당은 거동이 불편한 노인들의 모임인 것 같다. 거기서 밤을 삶아 먹는다.

"형님, 내가 다람쥐 겨울 양식을 훔쳐왔어요."

"짐승이 맛있는 것을 잘 안다더니 참으로 맛있네."

나이가 좀 어린 아우가 서너 알 건네주는데 아주 맛이 있어 한마디 했다.

그때는 아무 생각 없이 먹었는데, 집에 와서 생각하니 다람쥐의 겨울 양식을 내가 먹다니 양심에 걸렸다. 후회가 되었다. '어쩌지?' 늙어도 곱게 늙으라는 옛말이 생각나 망령이 났나 싶어 가슴이 아려왔다.

언젠가 이웃사촌에게 복숭아를 주었더니 까만 것 흰 것 섞인 찰강냉이를 갖다 준 생각이 나서 까고 있었다. 그가 물었다

"그것은 무엇 하게?"

"글쎄, 경로당에서 다람쥐 겨울 양식을 얻어먹었지 뭐예요. 그래서 밤 대신 옥수수라도 갖다 묻어주려고요."

"그래? 콩도 넣어줘요."

그가 한 술 더 뜬다.

다람쥐 밥 한 봉지를 만들어 경로당에 찾아갔다.

"강원도 댁, 다람쥐 밥 훔쳐온 데가 어디야? 이것 같이 가서 묻어주자."

내 말에 모두 박장대소하며 웃고 야단들이다. 나는 어안이 벙벙하였다.

"순진한 형님! 다람쥐가 얼마나 약은데 사람 눈에 띄게 겨울

양식을 저장해요. 하도 조금이라 미안해서 한 거짓말인데요."

밤을 주었던 아우가 웃으며 말했다. 아우의 말에 비로소 안도의 숨을 내쉬었다. 그러면 그렇지, 아무리 늙었어도 그럴 수는 없지 싶었다.

나는 눈 내리는 흰 산이 되면 뿌려 주리라 마음먹고 다람쥐양식을 가지고 집으로 되가지고 와 겨울이 되기를 기다린다. 백설 위에 뿌려주면 다람쥐가 얼마나 좋아할까, 가슴이 뿌듯해진다.

요양원과 내 꿈

따르릉 전화벨이 울린다. 동양화 꽃꽂이 친구의 목소리가 낭랑히 울린다. 2년 만의 목소리다. 우선 만나기로 약속했다. 내가 꽃꽂이 졸업한 지 삼년이 흘렀는가보다. 하루가 멀다고 만나던 친구들도 눈에서 멀어지면 마음도 멀어지는가 싶어 만나기로 한 것이다.

와, 젊어졌다. 좋아졌다 하며 하얀 거짓말을 남발한다. 우선 쌍둥엄마가 있는 요양병원으로 향했다. 요양병원이 어찌 생겼나 궁금하던 차, 나는 요양병원의 풍경을 머릿속으로 그려본다.

'틀림없이 뒤에는 산이 있어 산책할 수 있으며, 앞에는 꽃밭과 텃밭이 있어 무공해 야채를 심어 환자에게 공급하겠지.'

그림을 그려보는데 차가 멈추었다. 빌딩 밀림 속 같은 상가가 즐비한 곳이다. 일층은 없는 게 없는 상가다. 제과점에 들러

빵 한 보따리를 사서 오층 병실로 올라갔다. 방을 열어보며 이런 곳이 요양병원이구나 하며 둘러보았다. 전면이 통유리로 되어 푸른 하늘을 볼 수 있을 뿐 창문도 없는 듯하다. 달랑 침대 다섯 대에 누워 있는 할머니들과 간병사 두 명 뿐 아무런 시설도 없었다. 삭막한 '고려장'에 들어선 기분이 들었다. 보호자는 한 명도 없다. 버려진 노인들의 쉼터일까. 구슬픈 생각이 든다. TV도 휴게실에 가서 봐야 한다. 좋게 말해서 휴식하는 곳이라고 할까. 유독 쌍둥엄마는 좌불상처럼 앉아 있다.

"건강해 보이고 젊어진 것 같은데 왜 여기 있어?"

나도 모르게 볼멘소리가 튀어나왔다. 외형상으로는 신수가 멀쩡하다.

면회 간 반포 친구는 십여 년 전에 유방암 수술한 것이 재발되어 2년 전에 재수술을 받았고, 신림동 친구는 대장암 3기라는 진단을 받았다. 그래도 작년에 수술과 항암치료까지 받아 병마와 싸워 이긴 사람들이다. 나는 아차 실수로 침대에서 떨어져 척추 유착과 척추에 금이 가 아픔과 우울증으로 고생을 많이 했다. 사람이 병이 날 수는 있지만, 치유는 치열하게 노력해야 나을 수 있다. 어떠한 어려움이 닥쳐 고통스럽더라도 화장실에는 자의로 갈 수 있어야 한다. 반포 친구와 신림동 친구는 지금 서울대공원 정상까지 오를 수 있는 체력을 찾았으며,

나는 '워커'에 의지하여 어디고 갈 수 있는 정도의 건강을 되찾았다. 노력의 결실이다. 쌍둥엄마를 보며 안타까워 견딜 수가 없었다. 마음이 너무 아팠다.

늙으면 더욱 건강관리를 해야 한다. 우환이 생기면 본인은 물론 고통스럽지만, 타인에게 누를 끼치게 된다. 경제적, 육체적, 정신적 귀중한 시간까지 본의 아니게 폐를 끼친다. 환자는 미안한 마음을 가지고 회복하려고 노력하는 모습을 보여주어 안정과 동정을 받아야 한다.

긴 병에 효자 없다는 말 있듯이 아프다는 말은 듣기 좋은 말이 아니다. 나는 누구나 문안 전화가 오면 경쾌한 목소리로 무사함을 들려준다. 그러다 보니 자식들이 엄마를 불사신으로 여겨 서운할 때도 많이 생긴다.

"힘들다고 하지."

"더욱 힘들 때가 있을 거예요. 당신은 양치가 소년 동화책도 안 보았어요?"

남편의 말에 하는 내 대꾸다.

나는 언젠가 요양병원에 갈 것이라 여겨 예쁜 속옷과 자리옷 가운까지 아끼고 모셔 놓았다. 그런데 요양원에 가 보니 소용없는 물건이 될 것 같다는 생각이 든다. 나는 자신을 위로한다. 특실도 있겠지, 1인실은 어떨까. 요양병원은 꿈이 없는 사람,

자기 자신을 잃은 사람, 희망을 잃은 사람들이 가는 곳이야. 나는 그런 곳에 절대 안 갈 거야. 갈 수 없는 사람이야.

나이는 숫자에 불과해 하며 펜을 든다. 나를 기다리는 사람들이 있다. 나를 인정해주는 사람들이 있다. 나를 반겨주는 문우들이 있는 곳. 복지관이다. 나를 비춰주는 태양이 떠오를 때까지 나는 끝없이 나의 꿈을 위해 매진할 거야.

나는 불사신이야.

이렇게 꿈을 꾸며 펜을 든다. 나의 소망은 요양병원 특실이 아니라 나의 서재에서 펜을 잡고 작품 구상하는 꿈을 꾸는 것이다. 영원히, 영원히.

혼란스런 복숭아

　과수원에서 온수가 솟아난다. 전 대우대표 김우중 씨가 온천을 개발한다고 하였다가 무산된 곳이다. 몇 년 전에 다시 그런 말이 돌아 일확천금을 꿈꾸는 무리들이 들썩였다. 온천개발만 되면 만사형통이라는 곳에 우리 과수원이 있다. 그도 바삐 쫓아다녔건만 온천은 수포로 돌아갔다.

　온천개발을 꿈꾸며 농사짓던 무리들이 하나씩 둘씩 떠나갔다. 다행히 우리 땅을 소작하는 사람은 계속 도와주기로 하여 안도의 숨을 쉰다. 농사를 짓지 않으면 고시가격으로 나라에서 환수하기 때문이다. 매스컴이 문제다. 조용하던 과수원 땅값이 춤을 추기 시작하자, 군청에서 감사가 나오며 경작인들을 귀찮게 한다. 충주의 발전을 위해서 신품종 묘목을 심고 지하수를 파란다. 우리는 맛있는 복숭아를 먹기 위해 신품종 묘목에 투자했다. 지하수 파는 사람에게 찬물이 나오면 돈을 지불하기로 계약하고, 십여 군데 공사를 해보았지만 번번이 더운 물만 솟아난다. 군청에 사유서를 작성하여 제출하며 지하수 공사를 중단하였다. 어느 때 언제라도 온천이 개발될 거라는 기대를 하며, 아들에게 명의이전을 해주었다.

복숭아는 골치 아픈 농산물이다. 살이 연하여 기술자가 따야 한다. 손자국이 나도 상하는 과일이다. 더욱이 삼복더위에 생산되므로 저장을 할 수가 없다. 상품은 경작자 몫이며 우리는 중품이나 하품을 얻어먹기로 계약했기 때문에 복숭아가 상경하면 나의 일거리는 한없이 늘어난다. 조금 나은 것은 친지들과 아이들에게 나누어 주며, 우리 집은 꼴불견인 복숭아만 차지가 된다. 상한 것은 도려내고 예쁘게 토막 내어 10분간 찌면 통조림이 된다. 미운 것은 주스를 만들어 다양하게 쓴다.

나는 어려서 기침을 많이 했다. 그래서 초등학교 겨울에는 결석을 많이 했다. 아기였을 때 홍역을 하던 중 백일해에 걸려 고생을 몹시 한 후유증인지도 모른다.

"쟤는 이다음 늙어서 해소에 걸릴 거야."

어머니는 항상 근심을 많이 하셨다.

나이를 먹어서도 겨울이면 빠짐없이 기침을 했다. 그런데 언제부터인가 기침과 감기가 사라졌다. 복숭아는 폐에 좋은 과일이며 기침에는 특효약이라고 동의보감에도 쓰여 있단다. 나는 여름서부터 겨울까지 '못난이 복숭아'가 냉장고에서 사라질 때까지 먹는다. 그걸 다 먹고 나면 냉동주스를 먹으니 일 년 내내 복숭아를 먹는다고 해도 과언이 아니다. 참으로 복숭아가 기침에 특효약인가 싶다.

어느 날 겨울에 며느리가 와서 말했다.

"어머니, 요새는 기침을 안 하시네요. 저도 겨울에는 감기와 기침으로 고생을 많이 했는데 복숭아 먹는 후부터 좋아진 것 같아요."

진정 복숭아가 내 병을 고쳐주었는가. 건강에 유익한 복숭아에게 감사할 줄 모르고 천시한 내가 부끄러워진다.

우리 집은 김장을 안 담근다. 그는 겉절이와 생김치를 선호하여 일 년 내내 배추를 사서 김치를 해 먹는다. 나는 복숭아에 대해 연구를 해보았다. 김치에 복숭아주스를 넣어보면 어떨까. 복숭아를 얇게 썰어 씨를 빼고 설탕과 소금을 약간 넣고 버무려 놓으면 복숭아에서 물이 생긴다. 복숭아가 혹시 눌어붙을까 걱정스러워 물을 약간 넣고 약한 불로 나무주걱으로 30분 정도 휘저으면 보글보글 끓으며 거품이 생긴다. 거품을 제거하고 또 폭 익힌다. 식으면 도깨비방망이로 갈면 걸쭉한 갈색이 되는데 병에 담아 냉장 보관해 두었다.

어느 날 찹쌀 풀을 쑤어 김치를 담글 때 나는 복숭아주스를 김치에 넣어볼까 싶었다. 갖은양념에 복숭아주스를 넣어 배추와 버무렸다. 우선 보기에 먹음직해 보인다. 맛을 보니 일품이다. 겉절이로 버무려 먹는 복숭아는 일 년 내내 우리 집 김치 맛을 빛낸다. 아무도 모르는 나만의 비법이다.

며느리는 김치 맛을 보며 "어머니 음식 솜씨가 점점 늘어요." 하고 칭송한다. 그러나 일 년 먹을 주스를 만들자니 내가 몹시 고달프다. 다행히 냉장고를 기능이 다양하며 냉동도 되는 것으로 구입하였기에 주스를 지퍼 팩에 한 번 김치 담글 정도로 넣어 차곡차곡 쌓아 냉동시킨다. 진저리나는 복숭아가 고마운 복숭아로 둔갑한다.

나는 종합병원이다. 성인병도 갖고 있다. 의사는 과일도 조금씩 먹으라고 하지만 요새 나의 주식은 복숭아다. 혈당이 올라갔는지 검사를 해보았다. 혈당이 오히려 낮아졌다. 복숭아는 혈당을 높이는 과일이 아닌가보다. 식사를 제대로 안 하며 복숭아만 먹었기 때문일까. 나의 기호식품인 복숭아가 냉장고에서 썩어가는 것을 보면 밉다. 상하지 않으면 좋을 텐데. 빨리, 빨리 주스도 해놓고 부지런히 통조림도 해놓고 게으름 피우지 말고 살림을 열심히 하면 되는 것을. 원인은 나의 체력을 인식 못하고 내 나이를 망각하고 사는 것이 문제다.

복숭아 한 소쿠리 끌어안고 주스로 만들고, 예쁘게 저며 통에 담아 놓아, 남편에게도 산책하면서 친구들과 나누어 먹으라고 했다. 나도 문우들과 나누어 먹고 싶다. 그런데 조건이 맞지 않아 걱정이다. 복숭아 자체를 복지관에 가져가자니 짧은 휴식 시간이 번거롭고, 깎아 가지고 가면 세 시간 후에야 먹을 수 있으니 변색이 된다.

한 번도 문우들과 회식을 못해 아쉬웠던 참에 번개같이 좋은 생각이 떠올랐다. 주스를 만들어 냉동시켜 복숭아 아이스크림을 만들면 되겠구나 싶었다. 한 양푼 씻어 복숭아를 맛있는 것으로만 저며 주스를 만들어 작은 통에 여러 개 담아 냉동을 시켰다. 걸쭉한 복숭아는 꽝꽝 얼지 않는다. 푸석하게 언다고 할까. 복지관 갈 시간에 맞추어 아이스 통에 부셔 담는다. 두 시간 뒤에는 적당한 복숭아 아이스크림이 된다.

금년에는 몹시 덥지 않았다. 오늘은 종강하는 날인데 날씨가 꾸물거린다. 더워야 복숭아 아이스크림이 제격인데 서운하다. 문우들이 만족스러워 해야 할 텐데 걱정이 앞선다. 처음 먹어 보는 복숭아 아이스크림이라며 맛있다고 하는 소리가 참으로 고맙고 기쁘다. 종강의 피날레를 멋지게 꽃 피웠는가. 내 마음 밝아지며 어깨가 으쓱해진다. 복숭아는 나를 감격시키며 유익하고 보람 있게 해주지만 수고를 강요한다.

또 복숭아는 나를 혼란스럽게 한다.

다양한 죽음

인간에게는 오복이 있다. 수, 부, 강녕, 유호덕, 고종명이다. 누구나 이 세상에 태어날 때는 두 손 불끈 쥐고 눈을 부릅뜨고 울며 태어난다. 갈 때는 손을 펴고 조용히 눈을 감고 간다. 이 승에서는 오복을 갖추어 삶을 마감하는 사람을 행운아라고 말한다.

가까운 친지 한 분 중에 사업 실패한 후 세상을 떠나가 버린 사람이 있다. K대령이다. 사업은 아무나 할 수 없는 것인가. 법 없이도 살 수 있는 착실한 사람이었는데, 사업에 실패하여 패가망신하고 말았다. 군 출신인 그는 사회를 잘 모른다. 다만 명령에만 움직이며 산 사람들이다.

사기꾼은 그런 사람을 물색하여 현혹시키고 궁지에 몰아넣어 사기를 친다. 문제는 내조자와 상의하여야 하는데, 대부분 남자는 아내에게 통보만 한다. 잘못되었을 경우, 아내에게 멸

시와 천대를 받는 건 당연지사이다. K대령도 아내의 말을 무시하고 남을 더 믿었다. 결국 사업은 실패하고 말았다. K대령의 부인은 친정이 유복한 가운데 자란 사람이었다. 남편의 사업실패와 여러 가지 어려움을 견디지 못하고 정신착란까지 일으켰다. K대령은 그 충격으로 쓰러져 반신불수가 되었고, 아내가 수발을 들게 되었다. 그러다 그는 결국 세상을 떠나고 말았다.

장례식 때 나는 K대령이 우리에게 유호덕을 베풀어준 것을 생각하며 조의금을 내 힘보다 과하게 두둑이 넣어 명복을 빌어주었다. 삼우제 날 전화벨이 울린다. 알아들을 수 없는 말이 들렸다. K대령이라는 예감이 들었다.

"여보세요, 여보세요?"

내가 소리쳤다. 내 소리에 깨어났다. 꿈이었다. 영혼은 살아 있다. 분명히 K대령이 나에게 감사의 말을 남기고 싶었던 것이리라. 그의 아내는 남편에게 당하던 배신과 삶의 후회, 가슴 찢어지는 아픔, 믿음이 사라진 삶을 오열하면서 한없이 눈물을 흘렸다. 내 볼에도 눈물이 흐른다.

자식을 지극히 사랑하는 남편의 친구가 있다. 그 친구는 부부 교사로 퇴직했다. 아들 며느리도 사회적으로 지위가 있는 사람들이었다. 자식들이 빌딩을 짓는다고 해 친구 부부는 퇴직금을 빌딩 짓는 데에 투자했다. 친구는 아들 빌딩을 돌봐주며 여생을 보내려 했고, 부인은 손주 키우는 재미로 살려고 했다. 그러나 빌딩은 젊은 경비원을 채용해 관리하게 했고, 손주는 외할머니가 돌보게 했다. 그들 내외는 스트레스를 받았는지 남편은 간암으로 아내는 치매로 이 세상을 하직하고 말았다. 자식에게 올인하였던 그들의 죽음을 어떻게 생각해야 하나. 현세대의 현실임을 뼈저리게 느끼게 만든다.

우리 기성세대가 자식들에게 무조건 헌신한다는 것이 옳은 일인가. 부모는 의무를 완수해야 하며 자식은 도리를 이행해야 하는데, 자식들은 받는 것만 마땅하게 여기는 거 아닌가 싶다. 여기에 문제가 있다.

이 모든 사실을 기성세대인 우리에게 책임이 있다는 것도 우리는 인식해야 한다. 무조건 핵가족으로 사는 세대의 손주들은 조부모가 가족이 아닌 줄 안다. 여기저기 고종명을 향하는 노인들의 한숨 소리가 슬프게 들린다. 돌이켜 생각하면 그들은 또 자기 자식에게 올인하고 살고 있지 않는가. 내리사랑인 인생살이 아니런가.

결혼하여 십여 년이 지난 어느 날 시장에서 동창을 만났다. 반가워 얼싸안고 동동 뛰었다. 친구도 사남매, 나도 사남매를 낳고 산다는 이야기를 나누었다. 호사다마라고 친구 시어머니가 치매에 걸렸단다. 어찌나 친구를 힘들게 하는지 모른다고 했다. 외출만 하면 집을 잊어버려 파출소에서 모셔온다. 이웃집에 다니며 시장하다고 푸념하시니 동네에 폐가 되어 대문을 자물통으로 잠그고 산다. 출가한 딸이 친정에 다니러 왔는데 예물 받은 다이아반지, 귀걸이, 목걸이 등 모든 패물이 몽땅 없어졌다. 여기저기 다 찾아도 없었는데, 마당의 정원석을 뒤집어 보니 돌 밑에서 나왔단다. 시어머니가 하신 일이었다.

친구가 외출금지로 살고 있어서 내가 친구네 집에 놀러 가곤 했다. 어느 날 방에서 배설물 냄새가 진동해 아무리 찾아도 없었다. 기진해서 시어머니 방에 누워버렸더니 천장에 공 만한 배설물이 매달려 있었다. 천장을 가리키는데 친구의 눈에 눈물이 고였다. 친구는 허탈한 웃음을 웃으며 말했다.

"우리 어머님, 재주도 좋으시지?"

그렇게 몇 년을 힘들게 하던 시어머님이 돌아가셨다. 조문을 가니 통곡을 한다. 진저리나는 고통과 몸서리치던 미움도 정일까. 잘 모시지 못한 것만 후회가 된다며 두 다리를 뻗고 울었다. 친구를 위로할 길 없어 나는 그냥 꼭 안아주었다.

며칠이 지난 후 고통에서 해방된 친구가 보고 싶었다. 친구 몇 명이 모여 찾아갔다. 돼지고기, 맥주, 사이다를 사가지고. 소맥 한 잔에 김치 두루치기를 하여 먹고 마셨다. 그 무서운 치매라는 병은 왜 생길까. 가족을 지옥으로 몰아넣는 무서운 병,

어떻게 방어할 수 있을까.

나이를 먹을수록 즐겁게 이웃과 사귀며 재밌는 이야기도 나누어야 한다. 글을 읽고 쓰며 명석한 두뇌로 만들어야 한다. 늙으면 지혜로워진다고 하지 않는가. 나이를 먹을수록 노력해야 한다.

우리 부모님은 오복을 갖춘 분들이다. 윗집 아랫집 소꿉친구였던 아버지 열다섯, 어머니 열여섯에 가례를 하셨다. 아버지는 서울 상고 출신이며, 어머니는 한글만 겨우 배웠다. 아버지는 구십오 세로, 어머니는 구십육 세로, 팔십 년을 해로하셨다. 아버지 돌아가신 다음 날에 어머니가 별세하셨다. 두 분은 장례를 함께 치르고 한날한시에 합장하신 분들이다. 만인이 부러워하는 원앙 한 쌍으로 사셨다. 홀아비는 싫다던 아버지가 혼자 저승길 가시다 옆에 어머니가 안 계시니 돌아오셔서 모셔 간 걸까?

나는 어떤 모습으로 고종명을 맞이할까. 우리 부모님같이 가기를 소원해 본다. 누구나 가는 곳이 어디인지 모르지만 의연하게 아름답게 삶을 마무리 하고 싶다.

"아버지 어머니 저에게 많은 복을 주셨으니 마지막 고종명의 복도 주십시오."

나는 매일 기도한다.

사라진 한의원

우리 집 건너에 한의원이 새로 생겼다.

최첨단 의료기기까지 구비한 완벽한 한의원이겠지. 의사 선생님도 최선을 다해 치료에 임해주겠지. 기대에 부풀어 한의원 문을 두드렸다. 맞이해주는 선생은 삼십대 중반으로 핸섬한 외모에 진실하고 편안해 보이는 첫인상이다.

그런데 한의원 분위기는 19세기에 들어선 것 같은 느낌이었다. 동으로 만든 인체에 맥의 흐름을 명시한 동상뿐이다. 심지어 허가증도, 면허증도 자격을 증명하는 그 무엇도 없다. 의원과 면담할 수 있는 곳에 긴 소파가 놓여있고, 높은 곳에 제물장과 창문 위에 긴 에어컨이 매달려 있다. 그리고 칸막이로 된 침술 방 두 개뿐이다. 단조롭다고 할까. 면적이 좁다고 할까. 꼭 필요한 약간의 차와 정수기, 휴지통, 우산꽂이만 제자리를 차지하고 있을 뿐이다.

의원과 면담 후 침술방의 침대에 누워 있으니 의원 손에는 테이프인지 줄인지 몇 가락 묶은 듯한 끈을 가지고 들어와 맥을 짚어보고 발을 이리저리 잰 후 "경맥침을 놓습니다." 하고 새끼발가락에 한 침, 양쪽 정강이에 세 침씩, 손에 한 침을 놓았다. 그리고 "침을 다 놓았으니 편히 계십시오." 하고 나간다. 아픈 곳에는 안 놓고 발과 손에만 여덟 바늘 찔러 놓고 십여 분이 지났는지 얼마 안 된 것 같은데, 의원이 들어오며 침을 뺀 후, 알콜로 소독하고 끝났다고 한다. 나는 속으로 '별 침술도 다 있네.' 하며 한의원 문을 나서는 순간 허탈하고 섭섭한 생각이 밀려들었다.

아무리 생각해도 기이한 한의원이다. 다른 한의원에 들어서면 한의원이라는 걸 명시하듯, 작은 약서랍이 벽을 장식하고 나열돼 있다. 침술방에는 여러 가지 물리치료를 해주고 아픈 곳에 삼십 대 가까이 침을 놓아준다. 거기다 파스, 쑥찜, 부황 등 서비스를 해주면서 천오백 원을 받는다. 그런데 이상한 한의원에서는 침 몇 대 놓고 같은 값을 받으니, 환자들의 호응이 좋을 리 있을까 싶다.

나는 아픈 데가 너무 많다. 다만 쨍쨍한 목소리만이 살아 있음을 증명한다. 나는 이상한 한의원에 호기심이 생겼다. 모든 사람들이 저 잘났다고 광고를 하며 눈길을 끌려고 하는데, 이상한 한의원은 무슨 자신이 있기에 물리치료도 없이 발에만 침 몇 대 놓고 말까. 신기한 생각이 발동하고 자꾸 가고 싶어진다.

옛말에 연대가 맞으면 개똥도 약이 된다고 하듯이, 지푸라기라도 잡고 싶은 심정으로 무엇이 달라도 다르겠지 생각했다. 가식이 없는 의원의 마력에 끌렸음인지, 의원에게 신뢰가 생겼음인지, 나도 모르게 가고 싶은 욕망이 생겨 부지런히 다녔다. 스스러움이 사라질 무렵 나는 선생에게 물었다.

"지금은 자기 피알 시대인데 선생님은 왜 선전을 안 하세요? 경맥침이란 무엇이며 장점이 어떤 것인지 써붙이든지, 설명을 하든지, 허가증도 면허증도 자격증도 안 걸어 놓고 물리치료도 없고, 현시대에 맞지 않잖아요."

"허가 없이 개원할 수 있습니까? 물리치료는 아무 도움이 안 되는 겁니다. 예부터 명의는 일침이고 약은 세 첩이라고 했어요. 저는 이렇게 나갈 겁니다."

의사는 내 말에 이렇게 말한다.

"그래도 아픈 곳에는 침을 안 놓아주고 발과 손에만 그것도 몇 대만 놓아주고."

나는 불평을 털어놓았다.

"경맥침이란 기운 많은 맥을 찾아 아픈 맥으로 보내는 침술입니다. 제일 좋은 침을 놓아드리는 겁니다."

의사는 호언장담했다. 어쨌든 나는 몸이 좋아지는 느낌이 드는 것은 사실이다. 나는 반신반의하면서 시간만 있으면 즐거운 마음으로 한의원을 찾는 게 나의 일과가 되었다.

문제는 한의원에 있다. 내가 보니 언제나 한산하다. 간판에 스트레스 고충상담이라고 쓰여 있어, 손님이 없는 시간에 나는 선생님과 상담을 즐기게 되었다. 궁금한 것, 답답한 것, 알고 싶은 것, 모르는 것, 허물없이 이야기할 수 있다는 자체가 즐거워 장시간 면담을 한다. 하지만 이래서 한의원이 유지될까 걱정스럽다. 나는 한약을 먹어 본 적이 없었다. 심지어 쌍화탕이나 우황청심환도 안 먹었던 나인데, 내가 한약을 다섯 첩이나 지어 먹었다. 역시 먹으니 건강에 도움이 되는 것은 사실이었다. 허리도 덜 아픈 것 같고 걷는 데도 심이 덜 드는 것 같으며, 요실금도 좋아져 건강이 살아나는 기분이 든다.

어느 날 마을 친구를 만났다. 서로 안부를 물으니 친구가 허리에 디스크가 와서 정형외과에 다녀 주사를 맞는다고 했다. 나는 침을 맞아 효험을 많이 보았으니 가자고 설득했다. 친구는 그 한의원에 가보았는데 마음에 안 들어서 싫단다. 사실 한의원 내부는 내 병을 맡길 수 있겠다는 생각이 안 드는 게 사실이다. 이 사회는 외형으로 평가하는 시대인 것을 어쩌랴. 나는 날이 갈수록 애착이 생기며 선생에게 신뢰가 생겨 이끌리듯 발

걸음이 한의원으로 향하는데.

결국 올 것이 오고야 말았다. 개업한 지 일 년 만에 폐업을
했다. 나는 서운한 마음이 컸다. 개업할 때 꿈을 꾸며 희망에
부풀던 선생의 마음을 나는 충분히 이해했다. 선생님의 마음이
얼마나 아릴까. 동정심이 갔다. 그 한의사는 분명 진실이 왜곡
되어 있는 현 사회를 향해 계란으로 바위치기를 하듯 대항한
것 같다. 자기 의술만 믿고 꿈을 펼쳐보고자 했던 야망이 여지
없이 무너져 백기를 들 수밖에 없었던 것 같다.

나는 어떻게 하지? 눈앞이 깜깜해진다. 문득 현진건의 〈술
권하는 사회〉 소설이 생각난다. 남편을 사랑하는 아내가 "그
몹쓸 사회가 왜 술을 권하는고?" 하고 사회를 원망하던 생각이
지금의 내 생각인 듯싶다. 허례 허식을 버리고 진실만으로 한
의원을 운영하려 했던 이상한 한의원은 여지없이 무너졌다. 그
한의원이 내 곁에서 오래 지탱해 주기를 원했는데 폐업을 하고
말다니. 나는 사막에 홀로 선 기분이 들었다. 나를 이해하고 아
껴주는 사람들이 하나씩 내 곁에서 사라져간다는 느낌은 나를
아득하게 만든다.

먹구름같이 흐르는 시대를 역행할 수 없지만, 진심으로 진실
을 이해해 주는 미덕이 살아남았으면 하는 바람을 해볼 뿐이
다.

텃세

分당은 노인 천국이다. 어디를 가나 노인들의 모임이 많다. 누구나 노인이 되면 체력이 약해지기 마련이므로, 노인일수록 운동을 해서 타인에게 폐가 되지 않도록 노력해야 한다. 노인에게 가장 적합한 운동은 걷기와 수중운동이다. 수중운동은 부력이 있어 체중에 무리가 가지 않는다. 그래서 관절이 나쁜 사람에게는 아주 좋은 운동이라고 의사가 권한다.

지상운동은 '에어로빅'이며 수중운동은 '아쿠아로빅'이라고 한다. 아쿠아로빅은 지상운동보다 두 배의 에너지와 칼로리가 소모되며 즐거움 또한 두 배의 기쁨을 준다. 나는 걷는 데는 불편을 느끼지만 수중에서는 내 멋대로 50분을 뛰어도 힘든 줄 모른다. 다만 끝나면 몹시 시장기가 찾아올 뿐이다. 남들은 그래도 운동이 되니까 소화가 되는 것이라고 한다. 하지만 참으로 운동이 되는 것인지 의심스럽다.

회원들 대부분은 무릎 인공 관절 수술을 받았다. 그런데 문제는 수영장 물의 깊이다. 아쿠아로빅이 생긴 지는 십이삼 년은 된 듯싶다. 수영장 물의 깊이가 자기 키의 가슴 정도가 적당한데 제일 얕은 곳이 120센티이며 깊은 곳은 150센티가 된다. 그래서 키 작은 사람은 얕은 데를 선호할 수밖에 없다. 그런데 텃세가 대단하다. 키 작은 회원이 새로 와서 얕은 데로 가려고 해도 양보라는 것이 없다. 그래서 뒤로 뒤로 밀려 깊은 곳으로 가게 마련이다.

"뒤로 가세요. 여기는 내 자리예요."

꼼짝없이 새 회원은 밀려 갈 수밖에 없다. 목만 겨우 내밀며 까치발로 뛰자니 자연이 물을 먹게 된다. 나는 내가 양보해줄 수 없기 때문에 키 작은 회원이 오면 불안해진다. 어디까지 밀려갔나 싶어 자꾸 뒤를 돌아다보게 되며, 안쓰럽고 한심스럽다.

나는 제2의 인생을 살고 있다. TV연속극을 보며, 소설도 읽고, 외국에 있는 친구에게 편지를 쓴다. 일기도 쓰며 지낸다.

"어머니, 살생부 그만 쓰시고요. 제목을 정하고 글을 써보세요."

어느 날 사위가 말한다.

"내가 무슨 글을 써. 어떻게 쓰는 것인 줄도 모르는데."

"어머니 마음 가는 대로 붓 따라 생각나는 대로 쓰면 돼요."

사위는 문예에 소질이 있고 취미가 있는지 신춘문예, 월간잡지, 라디오 등 공모가 있으면 글을 써서 잘 낸다. 나는 용기를 얻어 분당노인복지관 문예부에 등록하여 문예공부를 시작했다.

나이는 못 속이는 법인지, 선생님이 열심히 강의를 해주어도 무슨 말인지 이해도 못하고 돌아서면 금세 잊어버린다. 열심히 필기를 하며 두 시간 동안 눈을 반짝거리며 경청해도 이해가 가지 않는다. 할 수 없이 무조건 써보고 읽어보고 수정한다. 이렇게 작품을 쓰고 고치다보면 밤을 지새우는 것은 다반사다. 그러다 보니 부엌이고 거실이고 살림살이는 엉망이다. 내 딴에는 심혈을 기울여 쓰고 나서 소리 내어 읽어보면 틀린 곳이 우후죽순으로 솟아난다. 마음과 글은 상반되는지 나 자신이 처참해진다. 에라, 모르겠다! 하며 선생님에게 제출한다. 선생님은 언제나 무조건 잘 썼다고 하시며 격려해준다. 하얀 거짓말인 줄 알면서도 나는 자아도취에 빠져 무지개를 타고 오르는 기쁨을 맛본다.

수영장에 키 작은 새 회원이 수중운동을 하러 왔다. 역시 텃세 때문인지 뒤로 밀려 목만 겨우 내놓고 허우적대는 것을 목격했다. 나는 배려하고 싶은 마음이 생겼다. 운동이 끝나자 새 회원을 찾아가 말했다.

"내가 4월말에는 그만 둘 것이니 내 자리를 양보해줄 게요."

"형님, 권리금 받으셔야 돼요."

다른 회원들이 이구동성으로 외쳐댔다.

"얼마나 받을까?"

내 말에 수영장은 웃음꽃이 피었다.

어떤 철학자가 말했다. 모든 존재는 철이 없을 때는 마음의 문을 닫고 철이 들면 마음의 문을 반 열며, 철이 사라질 때는 마음의 문을 활짝 연다고. 인간이 존재한다는 것은 남을 이해하고, 자신을 이해하는 것이라고 했듯이, 늙으면 몸도 마음도 약해지기 때문일까? 자연히 배려하고자 하는 마음이 생기는 것을 느낄 수 있다.

모든 사람들이 마음의 문을 활짝 열고 배려하는 세상이 되었으면 얼마나 좋을까. 텃세 없는 세상, 밝은 앞날을 그려본다.

대조적인 두 며느리

날씨가 수상쩍다. 눈이 오려나보다. 칼바람이 몰아친다. 따르릉 전화가 울린다. 큰며느리다.

"어머니 오늘은 몹시 춥네요. 따뜻한 옷 입으시고 감기 조심하세요. 도난사건도 많이 생긴대요. 문단속 잘하시고요. 가스 관리도 잘하셔야 돼요."

텔레비전에서 사건이 생기면 건망증 있는 나에게 전화를 자주하며 깨우침을 준다.

며느리는 완전한 인격을 갖춘 어느 집의 귀한 딸이다. 삶의 관점과 개성이 뚜렷한 생활습성을 가진 여성이 사랑하는 남편을 만나 며느리라는 이름으로 가족을 구성하는 것이다. 무엇이든 강제로 급히 꺾으면 부러진다. 천천히 부드럽게 어루만지면 휘어지듯, 며느리를 완전히 내 식구로 만들자면, 10년 이상의 세월을 서로 노력해야 가족이 될 수 있다는 것을 이제야 깨달는다.

큰며느리는 부산이 고향이며 방직공장을 하시는 부모님 슬하 5남매 중 큰딸이다. 큰며느리는 백화점 애용가다. 아이쇼핑을 즐기는 게 취미라며 이렇게 말한다.

"어머니, 백화점 가면 '깜짝 세일'이 자주 있어요. 그때는 얼마나 싸다구요. 물건 확실하고요. 반품도 할 수 있어요."

큰며느리는 내 취미를 잘 알아 나에게 필요한 것을 잘 사다 준다. 그런데 골치 아픈 시어머니는 반품을 잘한다. 또 대형마트를 사랑한다. 결혼하자 줄줄이 삼남매를 두어 다섯 식구가 모두 장정이며 '대식가'들이다.

"어머니, 대형마트에서는요. '원 플러스 원'이 있고 물건도 싸게 살 수 있어요."

큰며느리는 이렇게 말하며 태산같이 사들인다. 큰애 집에는 대형냉장고가 둘이며, 대형 김치냉장고도 쓰고 있다. 궁금하여 냉장고 문을 살짝 열어 보면 손톱이 안 들어갈 정도로 빽빽이 들어차 있다. 유교를 숭배하는 시아버지로 인해 일 년이면 수도 없이 지내는 차례와 제사가 있는 종갓집이기 때문이란다. 무슨 때면 넓은 거실도 비좁을 때가 있다. 큰살림을 하려니 무엇이든 넉넉해야 한다. 큰애의 푸짐한 살림은 내 마음까지 푸근하게 한다.

또 큰애는 몹시 바쁘다. 아파트 부녀회 일도 보고, 성당에서 열심히 봉사활동도 하는데 아무도 하지 않으려는 반장도 20년째 계속하고 있다. 큰애는 긍정적이며 성격이 온순하고 남을 배려하는 마음도 크다. 무엇이고 주면 잘 쓰겠습니다. 잘 먹겠습니다. 고맙습니다, 하고 받아 간다. 자기 집에 가서 필요 없으면 어쩌는지 모르겠으나 나는 그때마다 흐뭇하고 기쁘다.

따르릉 전화벨이 울린다. 시계를 본다. 9시다. 작은며느리의 전화다.

"어머니 안녕하세요? 아침진지 잡수셨어요? 편치 않은 곳은 없으시죠?"

23년 동안 격일제로 어김없이 아침 9시면 문안전화를 걸어주는 시계 같은 며느리다. 작은며느리는 강원도가 고향이며 공무원인 아버지와 상점을 경영하는 어머니의 5남매 중 셋째딸이다. 옛말에 셋째 딸은 물을 것도 없는 며느릿감이라고 했듯이, 깜짝 놀랄 정도의 미모와 철두철미한 사고방식이 뚜렷하며 빈틈을 보여주는 일이 없는 개성이 강한 며느리다. 5남매를 중학교부터 서울로 유학을 보내는 교육에 열의가 있는 부모님을 두었다.

작은애는 새벽시장을 사랑한다. 생동감 넘치는 새벽시장은 용기를 주며 기호에 맞는 것을 마음껏 고를 수 있다고 한다. 또 유명 메이커가 재고 정리하는 곳도 잘 안다. 유행이 지난 물건 중에서 품질이 우수하며 꼭 필요한 것으로, 나무랄 데 없는 물건을 잘 구입하여 나에게 선물도 한다.

작은애는 결혼하자 딸을 낳더니 10년 만에 늦둥이 딸을 낳아, 네 식구가 산다. 모두 '소식가'들이다. 작은애 집에는 중형 냉장고 하나뿐이다. 며느리 없을 때 몰래 냉장고를 열어보면 한산하다. 작은애는 재래시장을 애용한다. 작은애는 저울에 달아서 음식을 해먹는지 바로 그날로 먹어치운다고 한다. 매일 시장을 보니 냉장고에 보관하는 번거로움이 없는 것이 당연하다.

"어머니, 재래시장의 단골이 되면 싱싱한 물건을 싸게 조금씩 살 수 있어요. 경제적이고 덤도 듬뿍 주며 인간미가 넘치는 것 같아요."

작은며느리의 말이다.

작은애 집에는 김치 냉장고도 없다.

"작은애야, 너희는 김장 안 하니?"

"먹을 만치 조금씩 해서 먹어요."

내 물음에 작은애가 하는 말이다.

작은애는 계획적이며 절대 허튼 일을 하지 않는다. 시간이

남으면 독서를 즐긴다. 나도 모르는 것이 있으면 작은애에게 물을 때가 많다. 무엇이고 주면 적당히 사양하며 가져가는 일이 거의 없다. 그러면 나는 좀 서운하다. 그러나 큰집의 대소사에도 최선을 다해 언제고 협조를 잘한다. 약점을 찾으려 해도 찾을 길이 없는 정확한 며느리다. 작은애는 물건 푸짐한 것보다 저금통장이 늘어나는 것이 제일 기쁘다고 한다.

그런데 며느리들의 공통점이 있다. 살림을 알뜰하게 하며 도우미를 쓰지 않는다. 자식들에게는 온 신경을 쏟아 부으며 오로지 아이들에게 올인하는 점이다. 현 사회에서 대표적인 며느리들이라고 나는 자랑한다. 모두 일장일단이 있는 법인데, 결점을 찾을 길이 없는 며느리들이다.

대조적인 며느리들이지만 둘이 만나면 무슨 이야기가 많은지 끝없이 이야기꽃을 피운다. 바라보는 나는 대견스럽다. 남남끼리 만나서 저렇게 친자매같이 꿀맛 나게 지낼 수 있을까. 성격도 취미도 사고방식도 다른 사람이 모여, 형님 동서라고 부르며 지내는 모습이 예쁘다.

며느리들의 힘든 생활이 사랑과 이해로 극복되어, 영원히 뿌리를 내리는 한 가족을 이루는 데는 가정교육이 뒷받침되는 것 같다. 나의 며느리들은 가정교육을 잘 받은 것 같아 고맙기만 하다.

나는 이기주의자다. 남들이 어디 복이 있어 요지경 같은 세상에서 이렇듯 착한 며느리들을 보았느냐고 부러워한다. 어떤 사람은 며느리들은 가식으로 움직이는 거라고도 한다. 나는 아무리 가식이라도 나에게 친절하며 배려를 아끼지 않는 사람이 좋다.

큰며느리는 30년이 넘고 작은며느리도 25년이 넘도록 한결같은 마음으로 나를 대한다. 이렇게 긴 세월동안 변함없는 것은 사랑과 배려의 열매가 아닐까. 서로가 시부모에게 잘하려고 노력하는 모습이 역력할 때 나는 행복감을 느낀다.

나는 대조적인 두 며느리에게 항상 감사하며 고마운 마음이다. 내가 원하는 것은 두 며느리의 건강을 바라는 것뿐이다. 며느리들에게 폐가 되지 않는 노후, 고종명을 편안히 하려고, 오늘도 아쿠아로빅을 하러 수영장으로 향한다.

이웃사촌

세상은 변하고 있다. 문화의 발전으로 어느 때부터인가 이웃이 사라져 가고 있다. 예전에는 문패를 달고 햇볕 잘 쪼이는 장독대에서 마주보며 미소 짓던 단독주택이 많았다. 지금은 아파트에 많이 살아 철문을 굳게 잠그고 번호만 적혀 있는 새장 속에서 자기 식구끼리만 구구거리며 살고 있는 것 같다.

사람들은 신도시 분당을 선호하는 것 같다. 어느 때인가 이름도 예쁜 구미동 무지개마을의 큰 평수를 아들내외가 분양을 받았다. 나는 처음부터 이사 가고 싶지 않았다. 나의 집은 한강이 바라보이는 곳에 있었다. 누구나 원할 것 같은 마음이 시원한 집이다. 8층에 누워서도 볼 수 있는 푸른 강물, 보트에 매달려 수상스키를 타는 사람, 물에 빠지면 어느새 오뚝이처럼 일어나 물살을 가르며 달리는 게 보이는 곳이다. 넓은 한강은 생동감 넘치는 나만이 느끼는 나의 정원이다.

분당은 노인 천국인지 그의 친구들이 분당으로 모여들었다. 그는 분당에서 살기를 희망한다. 가기 싫다는 나를 분명한 이유를 밝히며 살살 꼬드겼다.

사실 분당은 아들의 집으로 분양받은 것이다. 아들은 직장이 서울에서도 북쪽에 있고 손주들의 학군 때문에 서울을 뜰 수가 없다. 무조건 아들네 집과 바꾸어 살 수밖에 없는 처지가 되었다. 제일 먼저 입주를 하니 너나 할 것 없이 새집을 부수고 뜯어내고 야단이다. 왜들 저럴까. 살아보고 불편하면 모르되, 경제적 여유를 과시하는 것으로 보인다. 집은 양쪽으로 베란다가 넓어 우리는 곳곳에 필요한 제물장만 만들었다. 나는 울며 겨자 먹듯이 좋은 공기만 마시며 살 수밖에 없는 신세가 되었다.

나는 2002년 건강진단을 받던 중 위암 선고를 받고 수술하여 완쾌되었다. 문제는 소화능력이 떨어져 식후는 벨트 운동기구로 흔들어대야 소화가 되는 것 같다. 그런데 벨트 운동기구는 아랫집에 피해를 준다. 며느리는 "어머니 아랫집에서 야단 날 것 같아요." 하며 겁을 준다. 운동기구 놓을 자리에 박스를 깔고 벽돌 20여 장을 깔았다. 안 쓰는 이불을 개어 깔고, 또 벽돌 한 켜를 깔고 누비이불, 담요 등으로 마무리하여 합판을 올려놓고, 그 위에 운동기구를 놓았다. 나는 아랫집에 피해를 안 주기 위해 온 신경을 써본다. 그런데 며느리는 신경이 예민하다. 마루에 누워 보더니 "그래도 조금 울려요." 한다.

"너 같은 사람 만날까 두렵구나."라며 벌컥 화를 냈다. 아니나 다를까. 며칠 있으니 아래 집에서 항의가 왔다. 나는 오히려 "새집인데 불량으로 지었나보다. 건설부에 투서하겠다."며 큰소리를 쳤다. 그랬더니 "할머니, 괜찮아요. 참으세요." 하고 갔다. 알고 보니 우리 아파트 지은 건설회사 직원이었던 것이다. 그래서 몇 년 무난히 살았다.

아랫집은 전셋집인 것 같다. 주인이 자주 바뀐다. 이사를 간후 수리를 하면 나는 벨트를 켜놓고 내려가 수리공에서 윗집에서 무슨 소리 나느냐고 물어본다. 수리공은 모르겠다고 한다. 나를 이해해주는 사람이 왔으면 좋겠다는 바람을 해볼 뿐이다. 운동기구를 안 쓸 수도 없고 1층으로 이사 갈 수도 없다. 소금 먹은 사람이 물 먹는다는 속담이 떠올라, 내가 먼저 손을 내밀어 보기로 했다. 이웃사촌인데 웃음을 띠우면 반겨주겠지. 약간의 선물을 준비하여 이사를 축하한다고 인사를 하며, 사정이야기를 하면서 미안하다고 사과부터 했다. 젊은 아줌마는 "괜찮아요. 할머니. 건강 잘 챙기세요." 했다. 얼마나 고맙고 반가운 말이냐. 안도의 한숨을 쉬어본다.

문제는 나에게 있다. 필요한 만큼만 사용해야 되는데, 운동기구 뒤에 의자를 놓고 편안하게 앉아 흔들면 잠이 온다. 염치

없는 나는 보답할 길만 찾는다. 콩 한쪽도 나누어 먹고 싶을 정도의 정이 들려고 하면 젊은 댁은 "할머니, 저희 이사 가요." 한다. "어떻게 하지. 서운해서. 이사 오는 사람에게 말 좀 잘 해줘. 부탁해요." 하면서 불안해진다.

새로 오는 사람은 어떤 사람일까? 며칠 후 현관에서 104호 아줌마를 만나게 되었다. "104호에 사세요? 나는 204호에 사는데 시끄럽지요?" 하니 "말씀 들었어요. 상관 마시고 할머니, 건강하세요." 한다. 아, 요번에도 좋은 이웃이 왔구나. 마음이 편안해진다.

십여 년 전에는 공터가 많아 텃밭이 있었다. 어느 날 땅주인이 주차장을 만들어 텃밭이 사라졌다. 그는 무공해 상추를 좋아한다. 텃밭 가진 친구에게 사정하여 반 평정도 되는 땅을 얻어 상추씨만 뿌렸다. 올봄은 몹시 가물어 상추 싹이 나지 않는다고 그는 성화다. 나는 모종이라도 사서 심어요 했더니 모종을 사다 심고 물을 주며 몹시 바쁘다. 다행히 비가 두서너 번 오더니 모종과 상추씨 뿌린 것이 올라와 금세 밭은 상추 천지가 되어 주체를 할 수 없게 되었다.

나누어 먹어야 한다. 우선 아랫집부터 주어야 한다. 벨을 누르니 학생이 나왔다. 204호에서 농사지은 무공해라고 설명하고 상추를 주었다. 그 후로 며칠에 한 번씩 문밖에 걸어준다.

어느 날 벨이 울린다. 누구일까. 나가보니 아랫집 아줌마가 피클을 만들었는데, 아이들이 잘 먹어 조금 가지고 왔어요. 문에 걸어주신 상추 잘 먹고 있어요, 하며 병을 건네주고 갔다. 젊으니까 음식 솜씨가 있는지 무척 맛있게 잘 먹었다. 고마운 이웃이라 생각하면서. 우리는 처치 무궁인 상추를 자주 문에 걸어준다. 상추가 꽃대가 올라 다 되어가는데, 아랫집 아줌마는 조그만 통에 따뜻한 불고기를 우리에게 갖다주었다. 저녁 반찬은 무엇을 할까 하던 참에 감사히 잘 먹었다.

며칠 전 복숭아 과수원에 볼일이 있어 갔더니 그는 아직 맛이 안 들은 복숭아를 얻어 왔다. 제일 좋은 것으로 골라 우선 아랫집부터 나누어 먹고 싶은 마음 간절히 우러나 즉시 갖다주었다.

오는 정 가는 정 얼마나 정겨우냐. 이웃사촌은 살아있다. 서로 손을 내밀며 마음을 열고 살고있는 나 자신이 푸근한 마음이 생겨 행복해진다. 지금도 피해를 주는 이웃에게 정을 주는 이웃사촌이 있다. 감격함을 무엇으로 표현하리. 참으로 고마운 이웃사촌이 아닌가! 이렇게 세상은 살맛 나는 이웃도 있다.

4

두 눈사람

여행은 좋은 것이야

따르릉 따르릉 전화벨이 울린다. 반가운 며느리의 전화다.

"어머니, 여행 안 가시겠어요?"

얼마나 반가운 소리이며 고대하던 소리인가. 나는 구름 위를 떠도는 기분으로 여행가는 날을 기다렸다.

11월 5일, 4박 5일 여정으로 며느리가 짠 스케줄에 맞춰 따라간다. 안동 하회마을은 2010년 7월 브라질에서 개최된 제 34차 세계문화유산위원회에서 경주 양동마을과 함께 세계문화 유산으로 등재된 곳이다. 견학의 아쉬움은 외국 관광객이 많이 찾아오는데, 살고 있는 주민들이 집 정리를 잘해줬으면 하는 마음이 들었다. 한옥마을에서 장독이 1000여 개, 수도 없는 장 독을 보았다. 된장찌개가 별미였다. 내가 우리 문화를 좋아해 서 그런지 장독도 볼만하였다.

다음으로는 병산서원을 찾았다. 옛날 유생들이 백여 명 모여

공부하던 곳이란다. 누각에서 바라보는 산은 웅장했다. 어느 명인이 병풍 일곱 폭으로 그렸다는 수려한 산이다. 천등산 산장에서 숙박을 했다. 만휴 산장에는 시 한 수가 적혀 있다. 평일이라 손님이 없어 산장을 전세낸 듯 산장도 내 것, 산도 내것, 자연도 모두 내 것, 싱그러운 공기를 만끽하며 TV도 라디오도 없는 속세와 등진 산속에서 일박을 보냈다.

11월 6일 부산으로 향했다. 봉정사에 들러 삼배를 올리고, 용궁사를 보고. 시내로 나왔다. 50여 년 전에 먹어보던 꼼장어 간판이 수도 없이 많다. 짚으로 구운 꼼장어라고. 그 옛날에는 싸구려 음식이었는데, 지금은 한우보다 회보다 더 비싼 꼼장어가 진정 자연산일까. 귀하니까 비싸겠지. 과거를 회상하며 즐겁게 먹어본다.

"어머니, 여행의 하이라이트는 해운대 파라다이스 호텔이에요."

며느리가 소곤대며 숙박하기로 한 호텔로 안내한다.

"어머, 참 좋구나!"

객실에 들어서니 바다가 한눈에 내려다보인다. 바다 위에 올라선 호텔, 누워서도 보이는 바다, 벽도 없는 듯 바다 속에 내가 있다. 어두움이 몰려온다. 해는 빛을 잃고 서산너머로 기운다. 내일 아침 활기찬 일출을 보아야겠다. 짐을 풀었다.

저녁은 어느 횟집이다.

"인터넷에서 보니 연예인들이 많이 왔던 곳이래요."

며느리가 속삭인다.

벽에는 연예인들의 사인이 가득하다. 예술제 때 연예인이 많이 왔던 것 같다. 유명세가 붙어서인지 맛이 더 가중된 듯 음식이 맛있었다. 날이 어두우니 광안대교의 야경이 눈부시다.

호텔로 돌아오니 며느리가 또 "야외 수영장도 있어요. 사우나도 있고요, 빠징코도 있어요." 하며 나를 꼬드긴다.

그러나 나는 내일 일출을 보려고 잠자리에 들었다. 그런데 이튿날 잠에서 깼을 때 나의 꿈은 산산이 부서졌다. 수평선이 구름에 가려져 있었기 때문이다. 수평선 1미터 높이에서 해님이 나를 반기지만 나는 너무 아쉬움이 컸다.

아침은 호텔 식사다. 출발 전부터 며느리에게 부탁을 받았다. "어머니, 우아한 옷 준비하세요."라고. 나를 최고로 만들고 싶은 며느리의 배려였다. 그런데 나에게는 초라한 모습뿐이었다. '너도 늙어봐라. 우아함이 격에 닿는가.' 나 혼자 중얼거려 본다. 나 나름대로 성장을 하고 며느리의 부축을 받으며 레스토랑으로 들어갔다.

다음은 거제도다. 부산 해운대의 발전은 놀랍도록 변하여 고가도로 위에 또 고가도로, 얽히고설키어 길을 찾을 수 없는데 어떤 아저씨가 "나만 따라오세요." 한다. 구세주를 만난 듯 뒤를 따라가니 아저씨는 비상라이트를 켰다 껐다 한다.

"저 사람은 왜 불을 껌벅이냐?"

아들에게 물었다.

"우리에게 조심하라고 그런 거예요."

아들의 말을 들으니 험한 세상에 이렇게 좋은 사람도 있구나 싶었다. 신호대기할 때 아저씨가 차에서 내려 우리에게 오더니 자세히 길을 가르쳐주었다. 고마웠다. 역시 인심은 살아 있었다. 우리 삶을 더 따뜻하게 서로 아끼며 살아야겠다는 마음을 가져본다.

거가대교를 지나 통영으로 갔다. 그곳 마리나 리조트에서 숙박을 하기로 했단다. 손녀가 수학여행 왔던 곳이라고 추천하였다.

"할머니, 무지무지 좋은 곳이에요."

손녀의 말처럼 예쁜 섬이 여기 저기 그림같이 펼쳐 있으며, 숙소 앞에는 해안 산책로가 있는 좋은 곳이었다. 선착장이 있는지 유람선이 수도 없이 드나들며, 요트까지 있어 볼만한 광경이다.

한려수도에서 케이블카를 타고 동양의 나폴리라는 통영항을 보았다. 청명한 날씨에는 대마도, 천왕봉, 여수 돌산도까지 보인다고 했다. 미륵산 정상까지 400미터 산책 데크가 있는데, 가보지 못한 것이 못내 아쉬웠다. 등산을 즐기던 시절이었다면 정상에 오르는 기쁨도 맛보았을 것을.

한없이 가니 장어구이 마을이 나왔다. 며느리는 스케줄에 장어구이를 먹기로 되었다고 한다. 맛있는 집을 찾아가려면 우선 자가용이 많은 집으로 가야 한다며, 운 좋게 태극마크가 새겨진 식당으로 들어섰다. 꿀맛같이 맛있게 장어구이를 먹었다.

다음 코스는 담양이다. 죽녹원에 가보니 펜더 동산이 여기저기 놓여 있다. 펜더는 대나무 잎을 제일 좋아한단다. 하루에 12시간동안 20kg에서 40kg의 대나무 잎을 먹는다. 25년 동안 살며 동면을 하지 않는다. 여행은 견문을 넓히는데 참으로 많은 도움을 준다는 것을 깨달았다. 내가 글이 쓰고 싶어 더 알고 싶은 것이 많기 때문일까. 가는 곳마다 자기의 고장 자랑하려는 노력이 엿보인다. 담양의 명물 '메타세쿼이아' 가로수가 유명하다고 며느리가 귀띔해준다. 나는 분당 무지개마을의 가로수도 이런 가로수란다, 하며 목에 힘주어 뽐내보았다.

우리의 다음 목표는 백양사, 내장사, 선운사 단풍이었다. 정읍에 들어서니 단풍의 도시라고 자랑하고 있다. 벚꽃 사이사이에 단풍나무를 심어놓았다. 내 생각에는 단풍이 자라면 벚나무를 베어버리고 단풍의 도시로 만들려는 것 같았다.

내장산 주차장에 서 있는 관광버스를 보니, 전국의 버스가 다 모인 것 같다. 자가용은 산 밑에 있었다. 인산인해의 물결. 빈 틈바구니도 없어, 우리는 내장사에 들어가지 못하고 통과. 선운사로 향했다. 구태여 내장산 단풍 볼 것 없이, 천지가 다 단풍으로 덮였다. 자줏빛 단풍, 밝은 불을 토해내는 듯한 황홀한 단풍, 초록색 단풍이 붉게 익으려는 단풍, 형형색색의 단풍 물결에, 나와 며느리는 탄성소리가 절로 나오건만, 남자들의 입은 함구령이 내린 듯했다.

선운사 가까이 오니 단풍은 드문드문했다. 내가 가장 보고 싶은 상사화도 해당화도 때가 아니니 조금은 한산한 선운사였다. 선운사 입구부터 새싹처럼 돋아나는 풀이 있었다. 수도 없이 어디고 많았다. 그것이 상사화란다. 안내원의 말로는 추석 전에 마른 잎 사이로 꽃대가 올라와 꽃을 피우는데 참으로 장관이라고 한다. 그 꽃이 지면 잎이 나온다고 그래서 잎과 꽃은 만나지 못하여 상사화라고 한다. 나는 왜 상사화가 그렇게 보고 싶을까.

"마지막 스케줄은 남해 독일마을이에요."

며느리가 말했다.

나는 독일마을이 보고 싶었다. 독일 사람은 근면 성실하게 산다고 하지 않나. 1960년대 산업역군으로 독일에 파견되어 한

국경제 발전에 기여한 독일 거주 교포들을, 남해군 삼동면에 10만평 부지를 주어 노후를 지내게 했다는 마을이다. 나는 그런 생활 터전을 만들어준 정부에게 감사한다. 독일마을은 교포들이 직접 독일에서 건축자재를 가지고 와서 전통적인 독일양식으로 34동의 주택을 완성시켰단다. 집은 아담한 2층집이었으며 한결같이 붉은 지붕에 흰색 집이었다. 지붕 밑에 창이 있고 담도 없는 집이 드문드문 있었다. 집 앞에는 나무 기둥에 문패와 전화번호가 적혀 있다. 가식이 없는 순수성이 엿보이는 독일마을을 감명 깊게 바라보았다.

며느리가 여행스케줄을 짤 때 손녀가 할아버지 할머니 극기훈련시키려고 하느냐 했다고 하는데 4박5일의 강행군을 무사히 마쳤다. 우선 아들과 며느리의 배려에 고마움을 느끼며 행복감에 취한다. 어디를 어떻게 갔다 왔는지, 무엇을 어떤 감상으로 보았는지, 눈앞은 아롱아롱 정신은 꿈속을 헤매며 몸은 구름 위를 둥둥 떠도는 것 같다.

그래도, 여행은 피곤해도, 무척 좋은 것이다.

드라마의 한 장면

～

　형체도 그림자도 향기도 맛도 냄새도 보이지 않는 사랑을, 사람들은 무조건 좋아한다. 나는 도대체 사랑이 무엇인지 모르겠는데, 모두 사랑을 갈구하며 사랑타령이다. 사랑이 무엇일까?

　드라마 '넝쿨째 굴어온 당신'을 나는 즐겨본다. 다섯 살 때 부모를 잃어버린 귀남이는 30년 만에 기적같이 부모를 찾았다. 귀남이는 미국에 입양되어 의사가 되었으며 결혼도 하였다. 넓은 대지에서 자랐기 때문인지 양부모를 잘 만났기 때문인지 착하게 자라, 누구에게나 친절을 베풀며 배려 깊은 사람이다. 반면 아내는 자유분방하지만 사리 밝은 한국의 현대 여성이다.

　귀남이는 세미나에 참석하기 위해 제주도로 가야 한다. 공항에서 아내와 통화중 아내는 비명을 지르며 통화가 끊기었다. 귀남이는 계속 아내에게 전화를 걸어보나 계속 불통이다. 귀남이는 불안이 엄습해온다. 아내가 통화 중 바람같이 지나가는 차로 인해 전화기를 떨어뜨려 부서진 것을 모르는 귀남이는 불길한 예감에 휩싸인다.

귀남이는 여기저기 아내를 찾아 헤맨다. 아내가 친구들과 수다를 떨고 있는 장면을 보고 우선 안도의 한숨을 쉬었다. 아내는 남편을 보자 "비행기 타야 할 사람이 왜 왔어?" 하며 놀라 반문한다. 귀남이는 무조건 아내를 끌고 나와 "내가 어떤 마음으로 여기까지 왔는 줄 알아? 내가 어떻게 비행기를 탈 수 있어! 비명을 지른 후 연락이 두절인데." 처음으로 큰소리를 지르며 화를 몹시 내며 돌아서 걷는다. 등 뒤에서 아내는 "당신에게 세미나는 중요한 일이지 않아? 그런데 여길 오면 어떻게 해!" 귀남이는 가방을 떨어뜨리며 뛰어가 아내를 포옹한다. "나는 고아로 자라 완전한 내 것이 하나도 없었어. 당신은 완전한 내 것이야! 다쳐서도 안 되며, 잃어버려서도 안 되며 없어질까 무서워. 아까는 큰소리 쳐서 미안해." 둘은 부둥켜안고 눈물을 흘린다.

30년을 굶주린 애정이 폭발한 것인가. 남편의 사랑에 감동을 받은 아내의 눈물인가. 서로가 서로를 충분히 이해하는 그들의 눈물임을 보았다. '앗' 저것이야! 저게 사랑인 거야! 진심에서 우러나는 사랑의 메아리인 거야! 무엇으로도 대변할 수 없는 사랑의 표현. 저런 사랑이 참으로 존재할 수 있을까. 나는 감격스러웠다. 야망도 가식도 없는 순박한 그대로 귀남이의 사랑은 천금과도 바꿀 수 없는 아름다움이 드라마의 한 장면으로 나를 매혹시켰다. 사랑이 무엇인지 깨우쳐 주었다.

인생은 부귀영화를 누리는 게 중요한 게 아니다. 서로가 서로의 마음을 알아주고 인정해주며 힘 있는 사랑의 말 한마디가 삶의 의욕을 북돋아준다. 귀남이의 사랑이 나를 감동시켰고, 까맣게 잊고 있던 고귀한 사랑을 드라마의 한 장면에서 보았다.

역사의 슬픈 그림자

삼일절 날, 일찍 일어난 남편은 태극기를 게양부터 한다. 나는 베란다에서 먼동이 트는 하늘을 바라보며, 삼일절을 추모하는 마음에 절로 고개를 숙인다.

대한민국 국민이라면 누구나 오늘을 잊지 못할 것이다. TV에서는 삼일절 기념행사를 거행하고 있다. 이명박 대통령은 한복을 곱게 차려입고 나오셨다. 입후보했을 때 대통령이 되면 되도록 한복을 입겠노라고 했던 말이 생각났다. 역시 한복은 기품이 있고 우아하며 사람의 품격을 더욱 높여주는 것 같은 느낌이 들어, 보기에 기분이 좋았다.

공휴일이므로 아들네 식구가 문안 차 찾아왔다. 나는 막내손녀에게 물었다.

"오늘 무슨 날이지?"

"할머니, 저 내일이면 중학생이 돼요."

"그러면 태극기 달고 왔니?"

"할머니, 우리는 어제 달았는데요."

"우리 선영이, 똑똑하기도 하지."

선영이는 멋쩍은 듯이 환히 웃는다.

선영이 위주로 외식을 하고 집에 들어오는 순간, 우리 아파트 벽을 보고 나는 화들짝 놀랐다. 당연히 아파트 각 베란다에 힘차게 휘날려야 하는 태극기가 보이지 않는다. 우리 아파트에는 500세대가 살고 있다. 그런데 다섯 곳에만 태극기가 휘날리고 있는 것이다. 나는 행여나 하는 마음에 손녀의 손을 잡고 이웃 아파트를 돌아보니, 우리 아파트와 별반 차이가 없다. 지극히 한심스러웠다. 일제의 폭압에서 벗어나 독립을 쟁취하기 위해 맨주먹으로 일경의 총칼에 맞서서 죽음을 불사하며, 나라를 보전하려던 92년 전 선조들의 높은 뜻을 잊었단 말인가.

정부의 무관심 때문일까. 우리 민족이 영원히 기억하고 자긍심을 가져야 할 뜻 깊은 날에, 내 나라 국기를 게양하는 것이 뭐 그리 어려운 일이라고 못하는 것이며, 안 하는 것인지 이해가 안 간다. 일본이 알면 어떤 생각을 할까. 매우 부끄러운 생각에 고개를 들 수가 없다. 나는 손녀 보기도 민망할 정도였다.

"선영아, 너는 우리나라 국경일에는 선영이 네가 꼭 태극기를 달아야 된다. 할머니가 꼭 부탁한다."

"알았어요. 할머니를 기억하며 꼭 그렇게 할 게요."

나는 우리가 잘못 가르친 죄라고 여기며 양심에 가책을 받는다.

우리나라 역사 교육의 현실은 어떠한가. 대학입시에서조차 역사 과목 시험을 보는 곳이 한두 곳 뿐이고, 전국 여타 대학들은 선택과목이라고 하든가. 국가가 역사 교육을 소홀히 하고 있으니 교육제도가 잘못된 것 아니냐고 푸념을 하니, 아들은 국가가 하는 일을 엄마가 나서서 별 걱정을 다한다고 핀잔을 준다.

"너의 엄마는 세계 걱정도 도맡아 한다."

옆에 있던 남편이 비웃는다. 남편은 내가 세계가 온난화로 가고 있는데 대하여 걱정하였더니 그걸 두고 빈정거리는 것이었다.

갑자기 남편은 늦었다, 늦었어, 하면서 외출준비를 한다. 삼일절 오후 2시에 재향군인회에서 모임이 있다며 자기도 참석해야 한다고 뛰어나간다. 그의 뒷모습을 바라보면서 이빨 빠진 호랑이들이 무슨 힘이 있다고, 팔순이 넘은 역전의 용사들이 마음만 살아가지고 저러나 싶어, 한심스럽다. 그러나 선영이 앞에서 할아버지의 모습을 보는 순간만은 가슴 뿌듯함을 느꼈다.

저녁에 돌아온 남편은 밤늦게까지 뉴스만 본다. 아무리 보아도 그 행사 장면은 보이지 않는다. 남편은 혼자서 흥분하며 불만을 토해낸다.

"늙은 노장들이 많이 참석했는데 뉴스도 골라서 하나?"며 화가 단단히 났다.

"여보, 내일 신문에는 나오겠지. 그만 잡시다."

말은 그렇게 해도 나 역시 속이 불편하다. 잠시라도, 한 장면이라도 비춰주었으면, 우리 부부는 보람을 느끼며 편히 잠을 청할 수 있었을 텐데. 몹시 아쉽고 쓸쓸하며 허전하여 잠이 오지 않는다.

이렇게 국경일 등에는 태극기 게양에 인색한 국민이지만, 월드컵경기나 국제 경기가 있을 때는 광화문 광장, 서울역 광장, 공터가 있는 곳은 전국 방방곡곡 어디서나 태극기를 손에 들고 등과 어깨에 얼굴에까지 온통 태극기가 난무한다. 빨강 티셔츠는 파도같이 일렁인다. 밤새워 목청을 돋우며 대한민국을 부르짖는다. 그 기상을 만분의 일이라도 삼일절에 나누어 줄 수는 없는지. 매우 안타까운 현실이다. 나의 노파심은 이래서 안 되지 앞으로 우리나라가 어찌 되려고 이러는 것일까. 또 걱정이 앞선다.

30, 40년 전에는 우리나라도 외국의 원조를 받고 살았던 시

대가 있었다. 그러나 지금은 국민 모두 힘을 합쳐 근면 성실하게 노력한 결과 이제 1조 달러 무역 수출국으로 성장하여 세계 10위권에 진입하는 경제대국이 되어 다른 나라를 원조하는 나라로 발전하였다. 이 역시 역사가 증명해 줄 것 아닌가. 역사의 중요성을 다시금 느껴지는 것 아닌지. 어느 학자가 역사는 현재의 거울이며 미래라고 했다. 역사적 사실의 중요성을 알아야 대한민국이 발전하리라 믿는다.

지난해 관리실에서 "오늘은 현충일이니 조기를 게양하십시오."라고 여러 번 방송하였건만 역시 조기를 단 집이 얼마 되지 않았다. 나라를 위하여 희생한 선열들을 기리는 날을 의례적인 날로 가벼이 여기는 지금의 세태가 슬프다. 그렇다! 우리는 결코 잊지 말아야 할 지난날의 쓰리고 아픈 역사적 사실을 은연중에 애써 외면하려고 하지 않나, 다잡고 돌이켜 보아야 할 것이다.

나는 내가 어떻게 하는 것이 애국인지 모른다. 다만, 우리나라를 사랑하고 싶을 뿐이다. 나는 삼일절에 태극기가 휘날리지 않으면 속이 상해서 슬프고, 현충일에는 순국선열들에게 애도하고 경건해야 하는데 가볍게 여기는 사람을 보면 격분하는 사람이다. 다가오는 현충일에는 집집마다 조기가 모두 힘차게 펄럭일 수 있다면 얼마나 좋을까. 내가 태극기를 사서 우리 반이

라도 나누어 주며 조기를 달아달라고 부탁하면 어떨까 생각 중
이다. 나에게 그런 용기가 있을까? 인생 황혼 길에 서 있는 나
는 아무 힘이 없다. 오직 생각뿐이다.

두 눈사람

십여 년 전 어느 날이었다. 갑자기 스키장 생각이 났다. 케이블카를 타고 정상에 올라 눈 덮인 하얀 산을 내려다보며 따끈한 차 한 잔을 마시고 싶었다.

나의 분신들에게 소집령을 내렸다. 나는 가족 여행 집행을 잘한다. 딸은 나를 닮아 사색을 즐기며 여행을 좋아해서 즉시 달려온다. 큰아들 내외도 따른다. 작은아들 내외는 늦둥이 딸 성화에 빨리 온다. 봉고차에 아홉 식구가 탄다. 만원이다. 공휴일이니 길이 막히는 것은 당연지사다. 소도시에서 유명한 먹거리를 찾아 점심을 먹으니, 스키장에 갈 시간이 없어 방향을 남이섬으로 돌렸다.

남이섬은 아름답게 조경된 그림 같은 개인 소유의 섬이다. 젊은 연인들이 산책하는 은행나무 길. 잔잔한 호수 같은 강. 가슴이 탁 트이는 잔디밭. 강을 끼고 걷는 징검다리 돌들.

수상하던 날씨는 눈발이 날리기 시작하더니 금세 함박눈으로 변하여 쏟아진다. 나와 딸은 환성을 질렀다. 첫눈이다. 나는 매혹되었다. 손녀는 강아지같이 뛰어논다. 사위가 다가와 "어머니, 참 좋은 날씨를 만났어요. 기분 좋으시죠?" 한다. 눈은 내리자마자 금방 녹아 길이 젖어 신발을 적신다. 멀리 바라보니 모닥불이 보인다. 눈을 만지며 모닥불을 찾아 손과 발을 쪼인다. 오랜만에 맛보는 정취 아닌가. 내 기분은 절정을 향한다.

은박지에 감자를 싸서 판다. 유료 모닥불인가? 감자가 한 개에 천원이다. 우리는 앞을 다투어 모닥불 속으로 감자를 쑤셔 넣는다. 그리고 위에 나무를 올려놓아 대낮 같은 밝음을 즐긴다. 감자를 굴리면서 어서 익기를 기다린다. 얼굴은 달아올라 모두 벌겋다. 숯불을 쑤시며 감자를 굽는 재미. 남이섬 아니면 못 보는 맛 아닐까? 나는 참 잘 왔구나 하며 기쁨을 만끽한다.

날은 어두워지고 눈은 펑펑 쏟아진다. 우리는 모닥불을 쪼이고 금상첨화 아닌가. 최고의 기분은 절정에 이르렀는데 큰아들이 시간이 없다고 재촉한다. 나는 속으로 통행금지도 없는데, 하고 생각한다. 아들은 사색을 모르며 정서도 모르는 것 같다. 다만 집 떠나면 고생이라고 생각한다. 나는 그런 고생은 추억을 만드는 좋은 고생이라고 생각하는데.

감자를 골라내어 은박지를 까서 모두 먹는다. 겉은 익고 속은 설익어도 남이섬 모닥불에 구운 감자는 역시 별미다. 그런데 입이 모두 까맣다. 그것을 보니 어렸을 때 기억이 떠오른다. 우리는 서로 쳐다보며 박장대소를 한다.

아, 이 즐거움이여. 언제 또 이런 날이 올까. 오늘 나는 인생의 추억거리를 탄생시킨 기쁨을 맛본다. 눈이 오니 생각나는 게 있다.

다른 해보다 추웠고 눈도 많이 왔던 겨울이다. 어느 날 잠자는 나를 남편이 깨웠다.

"여보, 저 눈 좀 봐."

언제부터 왔는지 밖은 대낮같다. 온천지가 하얗다. 나무는 눈꽃으로 만개되었다. 몇 시나 되었을까. 새벽 1시, 혹은 2시가 되었겠지.

"여보, 우리도 무드를 가지고 젊음을 찾아봅시다."

나는 옷을 입고 나선다.

"어딜 가려고?"

"산책하려고요."

"눈이 오는데?"

"그러니까 나가려구요. 귀한 눈을 맞이해야지."

내가 현관을 나오니 남편은 할 수 없이 따라나섰다.

하늘은 칠흑 같은데 어디서 흰 꽃이 만들어져 펄펄 나에게로 다가올까. 신기할 따름이다. 보잘 것 없는 아파트 뒤뜰은 하얀 카펫이 깔려 있다. 이렇게 좋은 뒤뜰이 있었던가. 14년 살아도 몰랐는데. 카펫 위에 발이 닿는 순간 뽀드득, 바싹 소리가 난다. 발이 푹 빠진다. 우리들의 발소리는 여운을 남기며 우리를 따라온다. 황혼의 노부부는 높은 사람이 된 듯 어깨에 힘을 주며 흰 카펫 위를 위엄 있게 걷는다.

바람이 불면 나뭇가지에서 우박이 쏟아지듯 우르르 흐르는 흰 꽃들. 온 세상이 내 것인 양 양손을 벌렸다가 다시 안아본다. 자연은 임자가 없다. 지금도 앞으로도 모두 내 것이다. 아무에게도 빼앗기지 않는 나만의 것이다. 언덕이 있는 곳은 에베레스트를 정복하는 마음으로 숨을 몰아쉬며 오른다. 내려가는 길은 주저앉아 썰매를 타는 마음으로 엉덩이로 미끄러져 내려간다. 남편은 위험하다고 한다. 나는 소리치고 싶다. 나 혼자만의 세상을 향하여.

"감기 들겠다. 어서 들어갑시다."

"이렇게 기분 좋은데, 감기 들면 대수예요? 병원에 가면 되지."

남편은 사색을 모른다. 내 기분 깨지는 소리만 한다. 이 넓은 자연을 내가 모두 샀는데, 내 것인데, 새장 같은 성냥갑 같은 곳으로 들어가다니 말도 안 돼. 나 혼자 중얼거린다. 하늘을 향해 심호흡을 한다. 아쉬움에 하늘을 쳐다본다. 얼굴에 눈에 코에 흰 꽃이 뿌려진다. 입을 크게 벌려본다. 차가운 솜사탕이 입으로 굴러들어온다. 아, 감미로운 맛! 먹어봐야 아는 맛.

어느덧 현관 앞에 이르러 밝은 불빛 앞에선 사람은 틀림없는 눈사람이다. 눈동자만 까만 하얀 눈사람이 서 있다. 두 눈사람은 서로 마주보며 함박같이 웃는다. 눈은 여전히 꽃잎을 만들며 날아다닌다.

남이섬에서 내리는 눈을 보며 지그시 눈을 감고, 지난날을 회상해보았다. 두 눈사람이 되었던 어느 해 겨울을.

나의 고종명

―박완서의 〈촛불 밝힌 식탁〉을 읽고

～❀～

    이 작품은 한평생 교직에 몸 바친 교장선생님이 정년퇴직한 후에 일어난 자식 내외와의 갈등과 배신을 잔잔한 필치로 써내려 간 우리들의 자화상이다.

    학같이 청렴결백하고 고고한 교장선생님은 교감으로 교직생활을 마감할 것이라 여겼는데, 다행히 정년 3년을 앞두고 교장으로 승진하여 교사로서 보람과 일생일대의 황홀감을 맛본다. 그러나 가는 세월 어쩔 수 없어 3년이란 세월이 덧없이 흘러 정년을 맞이했고, 퇴직의 쓸쓸함과 허전함에 인생을 마감하는 듯한 슬픔에 젖는다. 그러나 직장생활을 핑계로 소원하던 자식 손자들과 함께 지낼 생각에 희망으로 위안을 삼는다.

    교장선생님과 부인은 비록 많지 않은 봉급이나마 노년에 대한 계획을 잘하였다. 그 목표는 퇴직 후 자식과 함께 보람 있게 쓰고 마음 편하게 노후생활을 즐기려는 것에 두었다. 나와 같은 늙은 세대 사람들은 지출보다 저축이 더 즐겁다. 나도 은행 통장에 숫자가 많아지면 안 먹어도 배가 부르고 숫자가 줄면 마음이 몹시 허전하고 불안해진다.

교장선생님은 퇴직 후 서울로 이사하여 넓은 평수의 아파트를 장만하여 사랑하는 아들에게 효도 받으며 손자들의 재롱을 보며 노후를 즐기려 하였다. 그러나 며느리 생각은 의외로 너무 달랐다.

"연년생으로 두 아이를 낳았으나 시부모가 아닌 친정엄마가 돌봐주지 않았다면 내외가 맞벌이도 못했을 터인데 이제 아이들이 다 커서 손갈 데가 없는데 이제 와서 같이 살자구요?"라며 화들짝 놀란다.

이때 교장 내외의 기분은 어떠했을까. 부모로서 지난 일이 고의가 아니고 어쩔 수 없는 형편이었는데, 나름대로 하느라고 했는데, 맺고 끊는 것이 분명하고 사리에 밝은 며느리에게 한 방 당한 교장선생님 내외는 억장이 무너져 내리는 심정이었을 거라는 것이 첫 번째 느낌이다.

박봉인 교사 월급을 쪼개서 어렵게 공부시키고 몇 십 년을 근근이 저축한 피땀 어린 돈으로 집까지 장만하여 결혼시킨 고마움을 아랑곳하지 않고, 단지 몇 년 외손자 뒷바라지해 준 친정엄마의 수고가 더 대단하다고 여기는 며느리가 야속하기만

하다. 남의 염통 썩는 것은 아픈지 몰라도 제 손톱 밑의 가시가 더 아프다는 옛말은 이런 때 하는 말이 아닌가 한다.

결국 그들은 따로 살기로 한다. 따뜻한 스프가 식지 않는 거리, 아들집 창문 불빛을 볼 수 있는 거리의 아파트로 앞동과 뒷동에 각각 이사하였다. 이런 모양을 보고 친구들은 부러워한다. 순진하기만 한 교장선생님 부부는 당연한 것을 가지고 무슨 말이냐며 당시에는 그들의 뜻을 이해하지 못했다.

오늘도 교장선생님은 아들네 창문의 불빛을 살핀다. 다른 집은 칠흑 같은 어둠인데 아들네 집은 모닥불의 잔광같이 일렁이는 불빛이 인다. 무슨 일인가 궁금하여 소풍 삼아 집밖으로 나와 아들네 집까지 터널터널 걸어가 벨을 누른다. 불빛 생각을 하면서. 응답이 없다. 연거푸 세 번을 눌러보았다. 분명히 안에서는 웅성거리는 인기척이 나며 잔광 같은 불빛이 일렁이는데 문은 열리지 않는다.

모든 문제의 근원은 아들이라고 생각한다. 이 시대 남자들이 문제이다. 아내 말을 안 들으면 시끄러워서 그럴까. 아들도 며느리와 같은 생각일까. 저에게 대명천지 고귀한 생명을 주고 등골이 휘도록 고생하며 길러준 부모를 박대하는 법도는 어느 나라 법도란 말인가. 나는 그 아들을 용서할 수 없다는 생각이 든다.

이번 일은 아들내외에게 몹시 얻어맞고 씻을 수 없는 모욕을 당하였으므로 이 충격을 교장선생님은 사랑하는 부인에게 그대로 이야기할 수 없다고 생각한다. 그래서 기도하는 마음으로 초를 사서 밝히리라 작정한 것이다. 비록 교장선생님은 충격과 자식에 대한 실망으로 가슴이 아프나 부인에게만은 촛불을 통하여 알려주고 이해와 용서를 바라는 마음인 것 같다. 초가 탈 때 흘러내리는 촛농과 활활 타는 불꽃은 아마도 일생을 세상물정에 물들지 않고 선비로 살아온 교장선생님의 가슴 속에 잉태된 자식에 대한 실망과 회한의 응어리를 태워 날려버리려고 하는 사려 깊은 마음이 아닐까 싶다.

이제는 노부부도 촛불을 훤히 밝힌 식탁에서 오붓하게 분위기를 잡으며, 세간에서 말하는 평균 나이 95세까지 어떻게 사는 것이 현명한 삶인가 진지하게 논의하리라. 그들만의 계획을 세워 아들 며느리와 갈등 없이 무시당하지 않고 고종명을 맞이할 연구를 해야 할 것이다.

〈촛불 밝힌 식탁〉은 현 세태를 수려한 필치로 잔잔하고 생동감 있게 고발한 작품으로 우리 사회에 시사하는 바가 크다고 생각한다. 나는 이 책을 읽고 머지않은 장래에 우리 내외에게도 닥쳐오지 않겠는가 생각했다. 그러다보니 식욕마저 잃을 정도였다. 이 작품이 우리 내외가 몸을 가다듬고 주위를 다시 둘러보게 하는 계기가 되었다.

주위사람들은 나에게 '수전노'라고 한다. 그러나 그것은 나를 위한 방패막이며 나를 지탱하기 위한 힘이 되어주고 있다. 그래도 나를 지켜주는 약간의 재력으로나마 지금 목에 힘을 줄 수 있지만, 평균 나이 95세라는 말이 참말이라면 아직도 갈 길이 멀었다. 그때까지 내 곁에서 든든히 지켜주는 얼마간의 재력이 나를 계속 뒷받침해줄 수 있을 것인가. 불안해지는 게 사실이다. 내 자신을 아름답고 평온하게 마무리하기 위한 나의 고종명은 언제인가. 알고 싶을 뿐이다.

오묘한 맛

⌘

　나는 아무도 즐기지 않는 껍질에서 오묘한 맛을 느낀다. 근래에 와서 껍질에 몇 배의 영양이 있다고 하여 껍질을 선호하는 사람이 많아졌다. 그러나 맛에 대해서는 언급이 없다.

　나는 일본 하면 무조건 거부감을 느끼며 적개심이 발동한다. 일본과 무슨 경합을 하든지 아슬아슬한 장면이 나오면 채널을 돌려버린다.

　어느 날 일본 셰프와 한국 셰프가 음식경합을 하는 장면이 나왔다. 문제는 닭이었다. 일본 셰프는 삼십 년 경력자라고 하면서 능수능란한 손놀림으로, 기계적인 동작으로, 절도 있게 움직이는 것이 나를 불안게 했다. 한국 셰프는 닭 한 마리를 받자, 껍질을 넓게 떼어 팬에 올려놓고 무거운 무쇠 솥으로 꼭꼭 누른다. 샌드위치를 만든다고 하면서. 닭 껍질은 지방이 많아 누구든지 제거하여 버리는데, 무엇을 하려고 하는 것일까. 호기심이 발동하여 눈을 뗄 수가 없었다. 우리 셰프는 다른 음식을 만들면서도 수시로 껍질을 누른다. 껍질에 온 신경을 쓰고 있다. 나는 껍질의 묘미를 알기 때문에, 한국 셰프가 승리하리라는 예감이 나를 사로잡았다.

십오 분의 경합 시간이 지나 요리가 완성되었다. 일본의 접시는 화려하고 정돈 잘된 다양한 음식이 눈을 현혹시킨다. 한국의 접시는 샌드위치 한 가지가 아담하게 간소한 느낌을 주며 올려 있다. 심사위원이 다섯 명인데, 4:1 하면서 TV에서는 광고를 한다. 나는 조바심이 나며 궁금증은 더해졌다. 이윽고 시식에 들어갔다. 일본 음식은 맛보기에도 충분한 요리를 심사위원들이 맛있게 먹는다. 한국 셰프에게 "이것은 어떻게 먹지요?" 하고 묻는다. 한국 셰프는 "잘라서 한 입에 잡수셔야 됩니다." 한다. 심사위원들이 한 입씩 먹어보는 표정을 나는 바라볼 수 없다. 가슴이 두방망이질을 친다. 결과는 한국이 4:1로 일본을 이겼다. 평하기를 껍질이 바삭하게 튀겨진 것에 오묘한 맛을 풍기며, 창조적인 작품이라고 칭송이 대단하다.

역시 내 예감이 맞았다. 버리는 껍질로 한국을 빛내준 셰프를 보듬어 안아주고 싶다.

소갈비는 양념하고 숙성시켜서 숯불에 구워 고기를 먹으면 갈비를 싸고 있는 껍질이 나온다. 다시 구워 껍질을 하모니카

불 듯 붙잡고 껍질을 벗겨 먹으면, 씹으면 씹을수록 감미로운 구수한 맛이 우러나온다. 열 살배기 막내손녀가 나를 닮았는지 갈비 껍질을 꼭꼭 씹어 먹는다. 그 모습이 귀엽고 더욱 사랑스럽다. 나이는 못 속이는 법, 지금은 그림의 떡이지만.

돼지고기 오겹살은 제주도 명물이다. 껍질이 일미를 가해주기 때문이다. 돼지족발이 기호식품으로는 으뜸 아닌가. 지방이 없는 껍질에 현혹됨이런가. 닭고기는 두 발을 선호하지만 진짜 맛있는 곳은 닭의 긴 목, 활개 치는 날갯죽지, 닭의 꽁지, 두 발, 거기에 껍질이 있어 내가 좋아한다. 맛을 모르는 사람은 폐기하는 식품을 즐긴다고 흉을 본다.

나는 그들이 진미를 모르는 사람으로 여겨 한심스럽게 보인다. 생선은 어두진미라고 하는데, 젊은 사람들은 무조건 폐기해 버린다. 머리에서 진이 흐른다는 것을 모른다. 안 먹더라도 꼭 넣어야 제맛이 우러나는 것인데, 머리에는 껍질이 붙어 있기 때문이다. 생선의 신선도를 알자면 내장을 싸고 있는 배받이를 보면 알 수 있다. 그 배받이에는 껍질이 붙어 있어 더욱 맛있다는 것을 대부분 모른다. 임연수 껍질은 문을 걸어 놓고 먹는다. 대구포의 머리, 등뼈, 지느러미, 꼬리, 껍질에 쫀득거리는 찜의 맛, 그것을 아는지 모르는지.

내가 열 살쯤 됐을 때인가. 할아버지는 마포나루로 장을 보러 가시면 장정 팔뚝만 한 민어를 사오셨다. 민어는 힘겹게 숨을 헐떡이고 있다. 할머니는 평상에 앉아 회를 뜨시면 작은집에 기별하신다. 우리 집이 갑자기 잔칫집으로 둔갑되면 나는 언제나 할머니 회 뜨는 것이 재미있어서 도마 머리에 앉아 구경을 즐긴다. 거기에는 분명한 이유도 있지만. 할아버지를 위시해서 서열대로 접시가 나열될 때 잘못 썰어진 것, 못난 것을 얻어먹는 맛은 꿀맛이다. 도마 위에는 껍질만 남는다. 내 몫이 없다. 나는 소리 내어 울어버린다.

"할아버지 나빠. 두 마리 사오면 할머니도 엄마도 나도 먹을 텐데."

눈물이 줄줄 흐른다.

"무슨 애가 회를 받치는지. 도마 머리에서 실컷 얻어먹었으면서."

어머니가 꾸중을 한다.

"아가, 우리는 더 맛있게 먹자."

"껍질밖에 없는데 무얼 먹어?"

할머니가 달래면 내가 맞받아친다. 할머니는 껍질을 돌돌 말아 체를 치시며 힘껏 두들긴다. 곱게 다져진 껍질에 참기름과 깨소금을 뿌리며 내주신다.

"아가, 이것이 살보다 더 맛있는 거란다."

나는 울음을 그치고 먹어본다. 앗! 참으로 맛있다. 이것이 오묘한 맛일까.

기억은 추억을 낳는다고 하듯이 내가 글을 쓰니, 까맣게 잊어버렸던 할머니에 대한 기억이 이렇게 생생하게 날 줄 몰랐다. 조부모님께 죄송스러운 마음 가득해진다. 먼 훗날 껍질을 즐기는 내 손녀가 껍질 먹을 기회가 생기면 나를 기억해줄까.

이렇듯 절묘하고 오묘한 글을 남길 수 있다는 것이 가슴 벅차오른다. 나 자신이 대견스럽다.

삶의 수선

자동차도 몇 년 굴리면 사방 보링을 하게 된다. 하물며 인간도 팔십 년을 넘겨 써먹으면 건강관리를 잘해도 병원을 사랑하며, 건강검진의 소홀함이 없어야 한다. 그래야 천수를 누리게 된다. 조기 발견은 병을 고칠 기회를 주기 때문이다.

그는 약간의 당뇨가 있다. 일 년에 두 번 종합검진을 받는다. 이번에는 "혈당 수치가 올랐군요. 조심하시고 육 개월 후에 다시 봅시다." 했는데 신장 내과에서 연락이 왔다. 검사할 것이 있다고 한다. 환자는 의사의 지시에 꼼짝 못 하고 따를 수밖에 없다. CT 촬영을 했다. 며칠 후 의사가 "축하합니다. 신장에 돌이 있군요. 원인을 찾아서 다행입니다." 한다. 그는 신장에 담석이 생겼는데 축하한다는 의사가 어디 있냐고 투덜댄다. 당뇨 환자가 신장에 이상이 생기는 경우, 원인을 못 찾으면 아주 난감한 일이라고 한다.

그런데 문제는 전신마취를 해야 하는 것이다. 고령자인 경우 마취에서 깨어나지 못하는 일이 허다하다. 우리는 겁이 난다.

나는 항상 허리가 아프다. 척추협착증으로 고칠 수 없는 지경이 도달하여, 한방의 침술로 임시변통을 하고 지낸다. 나는 한의사에게 문의해 본다. 신장의 결석도 한방에서 치료가 되는지. 의사는 한약으로 녹아내리게 할 수 있다고 한다. 환자는 1%의 가능성에도 매달리고 싶어 한다. 수술은 11월에 예약이 돼 있다.

우리는 지푸라기라도 잡고 싶은 심정으로 한방의원을 찾아 갔다. 동네의 아주 조그만 한방의원이다. 아주 신기한 의원이다. 젊은 한의사는 현대인 같지 않다. '영구 지향주의자'를 자칭하면서 미래를 바라보고 살고 싶다는 한의사다. 의원은 심플하다고 할까. 인테리어를 전혀 하지 않은 정갈하고, 겸손하고, 소박하면서 허식이 하나도 없는 내부다. 허례를 좋아하는 사람은 호기심으로라도 다시 찾고자 하는 마음이 안 생길 정도로 가식이 없는 한방의원이다. 그런 점이 내 마음을 끌어당겼다. 틀림없이 자기 실력을 믿기 때문이라고 여겨져 신뢰가 생긴다고 할까. 믿고 싶은 마음이 가슴속에서 우러나는 의원이다. 보통 한방의원에 있는 시설이 하나도 없다. 달랑 침대 뿐. 경맥 침술로 침만 놓아준다. 그것도 이상하게 발과 손에만 놓아준다. 침은 일침이라면서. 그런데 아프던 허리가 차츰 나아지는 것 같다. 나는 그와 같이 한의원을 찾았다. 수술 예정은 까마득하고 밑져야 본전이라는 생각으로 한방에 의뢰해 보기로 했다. 병원에 가면 의사 지시를 받듯이 한방에 가면 한의사 말에 순종해야 한다.

7월 24일 신장에 있는 담석이 녹아내릴 수 있는 한약 한 재를 짓고 침술로 들어갔다. 그는 여기저기 병원도 열심히 찾아다닌다. 9월 2일 수원 어느 병원에서 체외 충격파 쇄석술로 신장과 요관의 결석에 쏘아 분쇄 후 요와 함께 지연 배출시키는 방법이 있다고 해서 시술하려고 했다. 그런데 CT 촬영을 해보니 신장에는 담석이 없고 요로에 가득 고여 있다고 했다. 한약 두 재를 먹었을 뿐인데, 신장의 돌이 흘러 요로에 가득 고여 있단다. 분명히 한약 덕이다. 한약의 신비로움을 새로이 인식한 우리는 기뻤다.

그래서 이번에는 요로의 돌을 흘러내릴 수 있게 한약 한 재를 지어왔다. 약이 도착하여 저녁에 한 첩을 먹고 아침에 한 첩을 먹었는데, 점심때부터 화장실 가기 바쁘다. 오후 4시쯤 되니 쌀 반쪽만한 돌이 나왔다고 한다. 며칠 있다 보니 좁쌀보다 약간 큰 돌이 또 하나 나왔다. 어느 병원이고 신장에 있는 돌은 전신마취를 해야 한다고 하였다. 한약으로 사라지다니 신기하고 꿈만 같았다. 우리는 한약을 반신반의하였는데, 한방도 무시 못 하는 것으로 재인식하게 되었다. 요로의 돌이 얼마나 나왔는지 궁금하여 CT 촬영을 하고자 하니, 자주 하면 해롭다고 하여, 11월의 병원 예약 일을 고대할 수밖에 없다. 한의사에게 고마움을 느끼면서.

추석 무렵, 우리 집에 문제가 또 생겼다. 담석으로 인한 것인지 그의 발이 부은 것 같다. 잠들어 있는 그의 발을 만져보니 미세하게 전류가 흐른다.

"당신 몸에서 전류가 흘렀어요."

"전기장판을 새로 구입했더니 장판에서 흘렀나?"

아침에 내가 말하니 그는 대수롭지 않게 여긴다.

구입한 곳에 전화를 하더니 반품을 하고 며칠 있으니 새 전기장판과 누비이불까지 왔다. 매트리스에 이불과 전기장판을 깔았다. 누비이불과 홑이불도 깔고 그는 11시에 취침을 했다. 나는 새벽 1시 20분에 깨어 그의 발을 만져보는 순간 무섭게 감전되는 것을 느꼈다. 젖은 손으로 콘센트 만지는 듯한 전류가 그의 몸에서 발생한 것이다. 놀라 즉시 콘센트를 빼니 아무 이상이 없다. 아침 8시쯤 그는 아무 일도 없는 듯이 일어났다.

"오늘 새벽에 당신 몸에서 진저리쳐지도록 무서운 전류가 흘렀어요."

내 말을 듣고 그는 즉시 회사로 전화를 하여 옥신각신한다.

나는 옆에서 고발하겠다고 소리쳤다. 물건을 보내주면 송금해 주겠노라고 했다며 그는 물건을 박스에 담는다. 내가 송금이 된 후에 물건을 부친다고 했더니, 즉시 송금이 되었다. 나는 소비자고발센터에 고발해야 한다고, 그래야 다른 사람이 우리 같은 일을 겪지 않는다고 했다. 밤새도록 잤으면 당신은 타죽었을 거야, 해도 그는 마이동풍이다.

그는 무조건 원만주의자다. 내 말을 들어주면 우리나라도 벌써 남북통일이 됐을 거라고 언제고 지껄여댄다. 나는 아무리 생각해도 이해가 안 된다. 본인의 태도가 천하태평이다. 나는 얼마나 놀랐는지 모르는데, 화가 나기 시작한다. 식구들에게 전화를 해본다.

"일단 시험을 다시 해보세요."

큰아들의 대답이다.

"제작한 회사에 연락해보세요."

작은아들의 대답이다.

"큰일 날 뻔 했구나. 병원 가정의학과에 가서 문의하고 잘 모르면 어디 소개라도 해달라고 해봐."

형부가 의학박사니까 박식하겠지 싶어 언니에게 전화했더니 하는 말이다.

나는 서울대병원을 찾아갔다. 안내에서 '신환센터'로 가보라고 한다. 가서 전류에 대해 알고 싶어 왔다고 했다. 전류가 몸에 흐르면 어디가 어떻게 나쁜지, 후유증은 없는 것인지 하고 물었다. 그랬더니 안내는 자세한 것은 모르니 가정의학과에 예약하고 검사를 받아야 한단다. 그러면서 그런 환자는 없었어요, 한다. 나의 말을 아무도 인정해주지 않는 데 대하여, 나 자신이 비참해지는 것 같다. 꼭 내가 거짓말하는 것만 같다.

"내가 아무 이상 없으니 그만둬요."

그는 이렇게 말하고 만다.

식빵을 굽다 눌어붙어도 안 먹고, 고기가 타도 버리는 사람이, 자기 몸에 전류가 흘러 타버렸을 줄 모르는데 본인은 태평이다.

며칠을 끌며 고민하던 끝에 나는 스스로 포기하고 말았다. 우리는 이론적으로 말싸움을 잘한다. 언니는 너희는 참 재미있는 이상한 부부라고 웃고 넘긴다. 나는 나 자신이 무시당한다고 여겨지며 내 마음을 인정해 주지 않으면 스트레스가 폭발한다. 전류가 흐르면 무조건 나쁘다고만 할 게 아니라, 어디가 어떻게 나쁜지 알고 싶다. 전류 전문가에게 찾아가서 배우고 싶을 정도다.

결론은, 포기하는 수밖에 없었다. 보링 못하는 경우도 있구나 생각하면서.

믿을 수 없는 이야기

소양강 뚝방에는 아지랑이가 아침 햇살을 받으며 피어오른다. 싱그러운 바람을 마시며 그는 자전거를 타고 달린다. 나그네가 자루를 메고 쉬고 있는 것을 본 순간 자전거는 멈춘다. 그는 나그네에게 말을 건넨다.

"이른 새벽에 산에 갔다 오는 길입니까? 그 자루는 무엇입니까?"

"나는 땅꾼이요."

나그네는 퉁명스럽게 대답한다.

"그것 나에게 파시오."

그는 속으로 임자 만났다 싶어 나그네를 관사로 데리고 와서 직거래를 하기로 언약하였다.

나의 아버지가 73세에 담석으로 입원하신 지 꽤 오래 되었는데, 연세가 많아 수술도 못하고 약물치료만 하던 때였다. 지금은 의술이 많이 발전하여 고령화 사회가 되었지만 40여 년 전에는 노인 중의 상노인으로 보던 때였다. 그는 장인의 몸에 좋다는 뱀탕을 고아드리고 싶었던 참이었다. 장인과 사위는 궁합이 맞는지 의견 소통이 잘된다.

갑자기 그가 집에 왔다. 한 달에 한 번 오는 그인데 웬일일까. 하기 휴양 휴가를 받았다고 했다. 내일 설악산으로 여행을 가게 되었으니, 장인어른 병문안을 먼저 가야 한다며 서둔다. 갑작스러운 사위의 방문에 아버지는 이상할 정도로 반가워하신다. 장인과 사위는 무슨 비밀회담을 하는지 소곤소곤 이야기꽃을 피운다. 아버지는 갑자기 큰소리로 "너희들 가는데 나도 따라 갈란다." 하시며 퇴원 수속하라고 법석을 피우신다. 아들이 달려와 어쩐 일이냐고 놀라 만류한다. 병환 중에 여행 가신다는 말이 웬 말씀이냐고. 아버지의 말씀을 누구도 거역할 수 없었다. 그래서 내일 날이 밝으면 여행 가기로 하고 헤어졌다.

화살은 그에게 날아왔다. 매형이 무슨 말을 했기에 아버지가 저렇게 야단이시냐고. 원망의 눈초리로 불만을 토하며 "매형이 책임져요." 한다. 나는 아무 영문도 모르니 어안이 벙벙할 뿐이었다. 나는 갑자기 여행을 간다고 하니 어떻게 할지 난감할 지경이다. 그는 "돈만 있으면 되지."라면서 볼멘소리를 한다. 그는 무슨 일이고 자기 본위다.

날이 밝아 아버지와 어머니, 간병사, 그와 나는 춘천으로 향했다. 관사는 판잣집이고 좁기 때문에 부모님을 호텔로 모셨다. 그는 큰 보온병에 무엇이 들어 있는지 아버지에게 잡수어 보시라고 한다. 아버지는 의심도 많고 겁도 많으며 무엇이고 부정적으로 생각하는 분이다. 보온병에는 우윳빛 나는 국물이 들어 있다. 그가 종이컵에 반잔씩 따라 주어 모두 마셨는데, 아버지는 불안해서인지 의심이 생겨서인지 도로 놓으셨다. 우리는 마셔보니 구수하고 맛이 좋았다. 그때서야 그는 사탕(蛇湯)이라고 한다.

"아이, 징그러워. 근데 맛은 좋네."

이구동성으로 외쳐댔다.

그제야 아버지는 잔을 들어 마셔보더니, 전부 잡수셨다. 안녕히 주무시라고 인사를 올리고 관사로 돌아왔다. 오늘의 쇼는 아침에 땅꾼에게 산 뱀이었던 것이다. 모시기 어려운 아버지를 잘 모시면 나에게 이익이 되는 점이 많다. 지출은 없고 수입이 많기 때문이다. 그래서 나는 아버지가 좋다. 어수선한 하루가 지나고 나는 꿈나라로 갔다.

먼동이 트면서 날이 밝아온다. 아침 일찍 문안차 호텔에 가보니 난리가 났다. 아버지가 밤새도록 설사를 하셨다고 한다. 까만 분비물만 수도 없이 변을 보셨단다. 그런데 이상하다. 밤새 설사를 하셨으면 기진맥진해야 하는데, 아무 이상이 없다. 혈색이 좋고 속도 아주 편하고, 아프던 배도 하나도 안 아프다고 기뻐 웃고 계신다. 뱀탕이 들어가 담석이 놀라 변과 같이 휩쓸려 사라졌나. 아주 다행한 일이어서 감사했다.

아침 식사를 하고 소양강 나루에서 양구까지 가는 유람선에 올랐다. 소양호의 운치를 만끽하는 즐거운 여행길, 황홀하다. 그는 아버지와 또 수군거리더니 오색 약수터로 찾아갔다. 오색 약수는 개울 옆에 돌 항아리 같은 바위 속에서 약수가 솟아난다. 돌 항아리 주변은 철분이 많아서인지 빨갛다. 약수는 두 곳에 있다. 쪽박으로 떠먹는 약수다. 탄산이 있어서인지 쏴하며 아주 맛이 기이하다. 관광객이 모여들면 약수 한 쪽박 얻어먹기 힘들다. 약수로 밥을 하면 녹색으로 변한다. 위장에는 아주 좋은 약수라고 하며, 설악산 관광에서 빠질 수 없는 유명한 곳이다.

그런데 수년전 홍수로 약수 나오는 곳이 사라졌다고 하더니, 다시 찾았는데 약수 맛이 예전하고 다르며 운치도 변한 것 같다. 또 유명한 것이 있다. 약수터로 가는 길목에는 건강식품이라고 쓰인 간판이 많이 나열되어 있다. 관광객이 볼 수 있게 뱀들도 우글거리고 있다. 그는 이 집 저 집 뛰어다니며 무엇을 열심히 찾는다. 이윽고 "아버님, 구했어요." 하니 아버지의 안색은 희열에 웃음이 피어오른다. 알고 보니 '흙질 백질' 등은 까맣고 배는 하얀 큰 구렁이를 구했다고 한다. '백사'보다 더 좋은 물건이라고 하며 그는 운수대통이라고 기뻐한다. 그는 전방근무를 많이 해서인가. 혐오식품을 사랑함인지, 뱀에 대해서는 박사학위를 받은 사람 같다.

건강원에는 약탕기에 사탕(蛇湯)이 끓고 있다. 그런데 아버지의 사탕(蛇湯)은 큰항아리에 달이기 시작한다. 장인과 사위는 식음을 전폐하고 항아리를 누가 어쩔까 싶어 항아리만 쳐다보고 있다. 귀하긴 귀한 물건인가. 여인들은 산채비빔밥에 된장국을 먹고 숙소에서 TV를 보고 있다. 밤이 이슥해서야 다 되었는지 장인과 사위는 주거니 받거니 열심히 마셔댄다. 구렁이가 얼마나 큰 것인지 또 다른 사탕(蛇湯) 독사, 살모사, 칠점사, 화사 등도 잡수셨는지, 하기 휴양을 오색에서 보내려고 온 사람 같이 오색을 떠날 생각을 하지 않는다.

어머니와 간병사 그리고 나는 오색의 명승지 주전골의 12폭포를 관람했다. 그리고 오색약수로 녹색 밥을 지어 먹으며 오색온천에서 몸을 풀며 지냈다. 오색 온천의 원탕은 대청봉 오르는 험한 산길의 허술한 온천장에 있다고 한다. 그 온천물을 오색호텔에서 끌어다가 오색 온천이 만들어졌다고 한다.

며칠이 지나 휴가가 끝나려는지 칠흑같이 어두운 밤에 우리는 오색을 떠나 설악동에 이르렀다. 우리 일행은 아침 일찍 서둘러 신흥사에 참배하고 울산바위를 향하여 흔들바위까지 올라가 큰 바위를 흔들어 보고 하산하였다. 그런데 참으로 이상하다. 아버지가 이번에는 설사를 안 하셨다. 며칠 전까지 담석으로 투병하며 배를 움켜잡고 고통스러워하시던 아버지가 양팔을 휘저으며 씩씩하게 걷고 계시지 않은가! 눈을 비비며 나는 아버지를 바라보았다. 나의 동생들이 "책임져!" 하더니 완전한 책임완수를 한 것이 분명했다. 혐오식품인 뱀의 위력인가. 아버지는 73세에 병마를 쫓아버린 후 95세까지 무탈하게 건강히 지내시다가 한 달 병원 신세 지고 편안히 돌아가셨다.

지금은 혐오식품을 잡는 사람, 파는 사람, 먹는 사람, 모두 처벌 받는 시대다. 그 혐오식품은 사라졌는가. 깊은 산속에 무수히 서식하고 있는 것일까. 나는 아버지와 같이 병이 낫는 거라면 양식을 해서 아픈 사람을 고칠 수 있게 할 수는 없는 것일까 하는 생각이 든다. 믿을 수 없는 일을 겪은 나는 아무에게도 말할 수 없는 기이한 일을 어떻게 분석해야 좋을지 모르겠다. 현대의학으로는 상상도 할 수 없는 일을 느끼고 보았다. 그는 시드는 생물에게 물을 주면 소생하듯 아버지에게 사탕(蛇湯)을 드리면 생기가 나는 걸 역력히 보았다고 한다. 정말 아버지에게 사탕(蛇湯)이 치료약이었을까. 그의 정성이 치료약이었을까. 혐오식품을 먹으면 돌아가실 때 고생을 많이 한다는 소리가 있다. 그러나 아버지는 편안히 고통 없이 가셨다.

믿을 수 없는 일을 겪은 그녀는 40년도 훨씬 넘은 그때를 생각하면 꿈을 꾸고 있는 것 같다. 지금도 그는 아버지의 건강은 '내 덕'이라고 뽐낸다.

아름다운 추억

　뽀얀 흙먼지를 날리며 지프차는 질주한다. 뚜껑도 없는 지프차는 비포장도로 먼지를 날리며 덜컹덜컹 춤을 추며 첩첩산중으로 한없이 돌아 돌아 들어간다. 병풍같이 둘러싸인 산 속에 계곡물이 흐른다. 고즈넉하고 아늑한 이 마을 앞에 지프는 멈추었다. 50여 년 전의 일이다.

　내 생애에 잊지 못할 추억이 있는 곳, 아담하고 예쁜 집이 나를 기다리고 있었다. 나는 새로운 보금자리를 찾아 강원도 산골 인제로 그를 찾아간 것이다. 집은 부엌, 방, 툇마루가 있는 그녀의 마음을 사로잡을 만한 조촐한 집이었다. 이곳이 나의 집이었다.

　벽에 못을 박으니 퍽 하는 소리와 동시에 못이 방바닥에 떨어지고 만다. 알고 보니 미군부대 PX에서 나오는 레이숀 박스로 천장도 벽도 겹겹으로 만든 박스 집이었다. 그 당시에 레이숀 박스는 견고하고 방수처리가 잘되어 탄탄한 집이 되었다. 외풍도 없을 뿐더러 아늑하고 포근했다. 따뜻함을 주던 집, 영원히 잊지 못할 추억을 남겨준 박스집이다. 부엌엔 사과궤짝이 찬장을 대신했고, 방에는 알루미늄으로 된 대형 트렁크가 장롱을 대신했으며, 벽에 나란히 박힌 못은 제물장 역할을 해주었다.

"어머! 서울댁이 왔네."

소꿉장난 같은 살림을 정리하는데 이웃 아낙네들이 찾아왔다. 반가이 맞아주는 그들의 미소는 순박하고 정이 흐르며 인간미가 담겨져 있었다. "서울댁, 서울댁." 하면서 도와주는 그들의 소박하고 진실함은 정겨운 느낌으로 나의 가슴을 파고든다.

"수돗물은 어디 있어요?"

"옹달샘이 있지요."

나의 물음에 그들은 웃으며 대답한다. 옹달샘을 모르는 나는 멍하니 아낙들만 쳐다볼 뿐이었다.

논골 옆에 샘물이 송골송골 솟아오르며 샘물 주위에는 돌로 쌓아 바가지로 퍼다 먹는 샘이 옹달샘인 것이다. 그 샘은 여름에는 시원하고 겨울에는 따뜻하고 일 년 내내 솟아오르는 맑은 샘. 어떻게 이런 곳에서 이렇게 맛있는 물이 나올 수 있을까.

나는 의아해서 자연의 조화에 다시금 감복했다.

또 계곡물은 아낙네들의 즐거운 살림터이며, 놀이터였다. 윗물에서는 야채를 씻고, 아래에서는 빨래를 하는 여유롭고 즐거운 곳이다. 나의 서울 놀이터는 명동이었다. 명동제과점에서 빵을 사 먹고 명동극장, 스카라극장에서 영화를 보았다. 명동 주변과 서울 시내가 나의 놀이터였는데 이렇게 맑은 물이 흐르는 곳이 나의 놀이터로 바뀔 줄이야.

그런데 별일이다. 나는 매일 매일 즐겁고 행복하며, 미소가 끊이지 않으며, 자연의 품에서 놀고 있는 나는 마치 꿈속을 헤매고 있는 것 같았다. 사랑하는 가족을 위해 밥상을 준비하려면 5일마다 서는 시골 장터에 가야한다. 장날이 되면 아이들이 걱정되었다.

동네 아낙들은 동네 아이들과 함께 놀게 두고 가면 된다고 하지만 안심이 되지 않는다. 할 수 없이 나는 간식을 충분히 만들어 놓고 요강을 방에 넣어주었다. 그리고 동네 아이들과 함께 놀도록 하고 밖에서 자물통을 잠갔다. 아이들을 잃어버리면 큰일 나기 때문이었다. 그 꼴이 우습다고 아낙들은 박장대소를 한다.

읍내 장터로 가는 길은 소풍 가는 기분에 비교할 바가 아니다. 밑에서 올려주고 잡아주어야 탈 수 있는 트럭을 타면 덜커

덩 덜커덩대면서 달리는 묘미, 깔깔대며 웃어대는 재미있는 맛. 피곤함과 힘겨움을 잊으며 가는 시골 장터. 이 또한 잊지 못할 추억인 것이다.

암탉 몇 마리 사서 키우면 계란을 매일 먹을 수 있다기에 몇 마리 사왔더니. 그 중에 한 마리가 이상하게 모이도 먹지 않고 앉아만 있다. 아낙들이 아마 알을 품다가 왔나보라며, 계란을 구해서 암탉이 있는 품속으로 넣어주라고 가르쳐주었다. 얼마가 지난 후 품속에서 노란 병아리가 졸졸 걸어 나왔다. 신비로운 생명의 경이로움에 나는 탄복하고 말았다. 어미 닭을 일열 종대로 졸졸 따라다니는 예쁜 노오란 병아리들. 환희의 기쁨에 취했던 추억이다.

나는 갑자기 학창 시절이 생각났다. 방학 때 명동극장에서『허무한 사랑』을 상영했다. 사춘기 때 얼마나 감동적으로 보았는지 잊을 수 없는 영화였다. 그 당시 학생들은 너도 나도 변신을 하여 명동극장을 찾았다. 개학하니 많은 아이들이 훈육실에 굴비 엮듯 줄줄이 불려갔다. 영화『허무한 사랑』를 봤다고 걸린 것이었다. 훈육실에서 호되게 벌을 받고 모두 죽을상이었다. 나는 문제아들의 반장이나 된 듯 어깨에 힘을 주며 의기양양하게 교단에 서서 소리쳤다.

"이 바보들아! 왜 들키니?"

"어머! 넌 안 들켰니?"

아이들은 나를 부러워했다.

"라스트 신을 보지 않고 조금 일찍 나오면 들키지 않아."

나는 목에 힘을 주며 말했다. 개선장군이나 된 듯 으스대며 뻐기던 그때의 기분보다 이 병아리들이 더 대견스러웠다. 생명의 존엄성을 일깨워준 나의 추억이다.

아름다운 추억, 하나 더

어느 날, 칠흑 같은 밤에 그는 솜방망이로 횃불을 밝히며 나에게 미꾸라지 천렵을 가자고 했다. 그는 소쿠리를 가지고 두 발로 논 사이를 휘젓는다. 잠에서 놀라 깨어난 미꾸라지들이 물을 타고 내려오면 나는 소쿠리를 대고 건져낸다. 얼마나 재밌는지 시간 가는 줄도 모르고 깨가 쏟아졌다.

앗! 큰일이 났다. 옹달샘을 망가뜨리고 말았다. 횃불은 희미해지고 날은 어둡고 겁도 나고, 우리는 그냥 도망치고 말았다.

새벽이 되니 옹달샘에서 야단이 났다. 누가 옹달샘을 망가뜨렸다고. 우리는 쥐구멍이라도 들어가고 싶은 심정이었다. 마을은 한 집, 한 식구다. 추어탕을 끓이니 냄새가 진동했는지 모두 몰려왔다. 그리고 우리를 옹달샘 망가뜨린 범인으로 낙인 찍어 버렸다. 그 즐거웠던 추억도 잊을 수가 없다.

겨울엔 왜 그리 추웠는지. 지금은 지구 온난화 탓인지, 문명의 발달 때문인지, 물질만능시대가 돼서 그런지, 겨울에도 겨울이라는 실감을 못 느끼고 산다. 그 시절 강원도 인제는 방에 떠놓은 물그릇이 꽁꽁 얼고, 문고리를 잡으면 손에 들러붙을 정도로 추웠다.

부대에서 스케이트 시합이 있단다. 누구든지 참석할 수 있었다. 그래서 이 시합에 참여하려고 연년생이던 일곱 살인 큰딸, 여섯 살인 아들도 맹연습을 시켰다.

나의 학창시절이 생각났다. 그때 나는 노량진 한강의 링을 나비처럼 돌던 스케이트 광이었다. 어릴 적 우리 집은 댓돌이 있고 댓돌 아래 마당은 시멘트로 예쁘게 포장이 되어 있었고 마당 가운데를 화단으로 꾸며져 있었다. 어느 해이던가 추운 겨울이었다. 스케이트 타기에 빠진 내가 엄마 몰래 하수구를 단단히 막아놓고 수돗물을 틀어서 마당을 스케이트장으로 만들어 놓았다. 어머니는 큰일이 났다면서 일꾼들에게 가마니를 깔라고 법석을 떠셨다. 일을 저질러 놓은 나에게 어머니는 하라는 공부는 안 하고 엉뚱한 짓만 한다고 몹시 화를 내셨다.

"안 돼! 안 돼! 댓돌로 돌아다니면 되잖아요."라며 집이 떠나가라고 어머니께 나도 소리를 지르며 울고불고 했다.

"처녀가 얼음판에서 놀면 몸이 냉해져 시집가서 애도 못 낳으면 어쩌려고. 무당들이 추는 춤을 추다니, 쯧쯧쯧."

할머니까지 나서서 혀를 차며 한심스러워하셨다. 그래도 빨 랫줄에 새끼줄을 만들어 붙잡고 밥 먹을 새도 없이 몸에 멍이 드는지도 모르고 열심히 스케이트를 배웠었다.

스케이트를 신고 일어나는 순간 그냥 엉덩방아를 찧고 말았 다. 나는 아이를 셋이나 낳은 엄마라는 것을 망각했던 것이다. 어쩌다가 내가 이 지경이 되었을까, 허탈감에 빠졌고 포기할 수밖에 없었던 참 우스운 추억거리다.

군인은 명령에 절대 따라야 한다. 발령지가 어디든 발령이 떨어지면 또 이사를 가야 하는 게 군인이다. 그곳에서 우리는 명령에 따라 이사를 가야 했다.

모두에게 흠뻑 정이 들었는데 또 정든 이곳을 떠나야 한다. 서운한 마음이 눈시울을 뜨겁게 한다. 그 중에서도 제일 걱정 은 나의 귀여운 병아리가 큰 닭이 되어 알을 낳고 있는데 어떡 하지? 하는 거였다. 태산같이 걱정이 밀려온다. '앗!' 순간적으로 번개 같이 생각이 떠올랐다. 통닭을 만들면 되겠다는 생각이 난 것이다. 문득 부모님이 떠올랐다. 그동안 생각해보니, 부모님께 선물한 기억이 없다. 친정에 언제나 빈손으로 갔다. 그러면서 돌 아올 때 힘에 부칠 정도로 가지고 오는 예쁜 도둑이었다. 이제 부 모님께 선물을 할 수 있는 기적이 생긴 것이었다.

나는 아낙들에게 부탁하여 애지중지 키운 닭들을 눈물을 머

금고 모두 통닭으로 만들었다. 두 소쿠리나 되는 아주 훌륭한 선물이 되었다.

"정말로 누나가 키운 닭이야? 그래서 더 맛있는 것 같아."

동생들이 말했다.

"네가 어떻게……."

어머니는 눈물을 글썽이며 말을 잇지 못하신다.

내가 레이션 박스 집에서 살았으며 옹달샘에서 물을 길어다 먹고, 트럭을 타고 장을 보러 다니며, 나무를 끌어다 밥을 해먹고 산다는 사실을 어머니가 아시면 얼마나 가슴이 아프실까. 죄송한 마음에 언제나 나는 거짓말만 한다. 모든 사람들이 나를 몹시 배려해주어 즐겁고 행복하게 지낸다고.

"엄마! 내 걱정하시지 마."

나는 어머니를 위로하며 자랑을 늘어놓았다.

이 모든 추억은 강원도 인제에서 일어난 나의 아름답고 소박하며 환희에 찬 이야기들이다.

나는 오늘도 오색찬란한 무지개 같은 꿈을 꾸며, '나이는 숫자에 불과하다.' 스스로 위로한다. 오늘 나는 즐거웠던 지난날을 회상하며 빨간 위스키로 러브 잔을 맞대며, 젊은 날 촉촉한 사랑의 감미로움을 감추지 못하고, 그를 바라보며 미소 짓는다. 그 누가 그랬던가. "추억은 역시 아름다운 것이여."라고.

5

시(詩)

슬쩍 가면 돼

벚꽃

만발한 벚꽃
이별의 서글픔인가
다음을 기약하는 손짓인가
하나로 어우러져 순간에 터진 화음
꽃잎은 꿈결처럼 내린다
갖은 몸짓으로 춤을 추면서

흰 눈 되어 우수수
살랑바람에 날린다
누워서도 아름다운 너의 모습
고운 님 사뿐 밟고 가시길

온갖 영화 미련 뒤로 하고
너는 뿌리치듯 가는가
인생의 꿀맛은 짧은 거라며

눈치와 곡해

나이는 눈치만 먹고
곡해는 괴로움 먹어
나그네 먹구름 천둥치네

고독은 외로움의 씨앗
칠흑 같은 어두움 나그네 휘어감네
곡해를 잊으려고
태산은 바다에 내리고
비움은 새털로 구름 태워 보내고
나그네 하늘 보고 허탈 웃음 띠우네

봄내음 아지랑이 속에서
숨은 보석 찾아보라고
눈부신 태양 헤치며 나그네 찾네
눈치와 곡해는 안개와 이슬
제 2의 인생 살고파라

식구

한 지붕 아래
옹기종기 모여 살던 때
두레상에 둘러앉아 먹던 식구들
하늘가지 둥지 틀어
안개 속 헤맨다

밥상은 허허벌판
두 식구 수저를 든다

식구끼리 함께 식사한다던 아들
이때나 저때나
대문만 뚫어지게 바라본다
공수표가 회오리바람에 날아갔나
한 지붕 밑에서
함께 먹어야 식구란다

가족관계 증명서 필요해
동사무소 다녀온 할아버지
맑은 정신 사라져 허수아비 되었지

손주는 한 지붕에서 함께 먹어도
가족이, 가족이 아니란다
천지가 가루되는 기막힌 현시대

여가와 일과

산 넘어
아지랑이 손짓하네
꽃봉오리
이슬 먹으며 활짝 피는 여가
신바람
신고 고속으로 달리지요

끈적이는 땀
무더위가 눈짓하네
숯검정
몰아치는 일과
팔십 년
묵은 짐 걸음마하지요

산들바람
코끝을 스치며 다가오네
풍요의 노래

꿀맛처럼 찾아오는 여가
제2의 삶
고속비행으로 나르지요

진눈개비
빙판 위 흰 눈 쌓이네
고드름
눈물 흐르는 일과
칠흑 속
무서워 주저앉아 버리지요

여가는
영원한 빛과 꿈이라네
일과는
태산을 지고 늪 속으로 늪 속으로
일과의 어두움
여가의 빛으로 쏘아주지요

왜 묻지

사방치기 공기놀이 할 때는
안 물었지
얼음판 작두춤 출 때도
안 물었지

양귀비 꽃 피고
호랑나비 찾아오니
묻는다
왜 묻지

희비고락 몇 고개 넘어
세 발로 쌍무지개 바라보니
또 묻는다
왜 묻지

숯검정 응어리
새싹 나와

꽃 피고 열매
맺으려는데

묘약으로 쓰려는 것일까
영약으로 모시려는 것일까

내 나이
나도 모르는데
왜,
왜 묻지

마음

마음은 어떤 모양일까
헝클어진 실타래인가
아니야
둥글게 생겼을 거야

아지랑이 날리는 꽃바람인가
폭염의 선물인 열대야인가
요술 꽃 뿌리는 낙엽일까
아니야
소복이 쌓이는 목련꽃일 거야

유리창 속의 인형
깃털 되어 날고파라

오늘도
먹물에 붓을 담그며
어떻게
마음을 그려 볼까나

마무리

그 어느 때 헐벗고 살았나
사방 둘러보아도 옷 천지
흉년 사라지고 풍년 노래 부르네

하루 사이 손잡고
가신 부모님
대형 트럭 모자란 부모님의 옷
어느새 뒤쫓는 우리의 삶

처분해야지 잊어야지
만졌다 놓았다
귀하여라
양 볼에 흐르는 땀과 피

연기되어 훨훨 날려 보낼까
청결한 마무리를 위하여

해볼까나

은하수 번쩍이더니
별 하나
군더더기 주렁주렁
매달렸네
콩깍지 안경너머
궁전 지어 볼까나

꿈의 별
잡힐 듯 만져질 듯
지전과 태풍도 아랑곳없이
산 넘어
강 건너
수없는 이사

태양을 마시고 꿈을 토한다
꿈은 생명
꿈은 희망

갈망하던 열매
영근 듯 익은 듯
꿈 찾은 기쁨
맛볼까나

앗, 실수

앗, 또 실수
실수도 여러 번이면
고의인가 면목없네

삶을 순간에 앗아가 버린 실수
몸은 이승 저승 헤매어도
정신은 유난히 번쩍!

기쁨 보따리 근심 보따리
집안의 대들보인 해결사
순간의 실수로 허수아비 되었지

백세를 살아도 삼만 육천여 일뿐인데
삶의 희비고락 몇 억만 개였나
꿀이었던가
영지였던가
맛도 잊어버린 세월

가족들의 노고
눈물로 보답할 뿐
남은 세월
또 아차 실수
다시는 안 되는데 안 되는데

쌍무지개

남한산성 마루에서
불곡산 너머까지
하늘을 치솟는 오작교
오색찬란한 등불
위대한 용맹
기품 있는 고귀한 등불
드높은 하늘에 삶을 쌍무지개로 수놓았다

칠십여 년 만에 나타난 무서운 폭염
사십칠 일을 죽음으로 몬 열대야
무지개는 한 줄기 소나기의 선물인가

하늘이 내리는 행운의 전설 믿으며
나라의 안녕
가문의 건영 바라며
빛나는 세상 살고파 기원했다

평생 처음 보는 희귀한 쌍무지개

다시는 볼 수 없는
사랑스러운 귀중한 보물
사진 한 장 찍자는데
한마디 한다
무엇하게

고종명 이루어도 잊지 못할 그리운 모습
찰칵,
가슴속 깊이 대못으로
콱,
박혀버렸다

내가 본 쌍무지개
분명히 내 것이라고

개구쟁이

살림꾼의 놀이터
장독대에 따라온 개구쟁이
블록 담 위에서 광대놀이 곡예 춤을 춘다
떨어지면 얼마나 아픈가
실험하면서

비가 쏟아지면 개구쟁이 사라지고
함석지붕 홈통에서 빗물을 맞으며
아, 시원하다 샤워를 한다
광에서 모락모락 연기 나오면
화덕 앞에서 개구쟁이 불장난 한다
불나면 소방관 되어 보면서

높은 축대 거실 유리 깬 개구쟁이
다시 던져 봐, 개구쟁이 팔 휘두르더니
유리창이 쨍그랑
거실 유리 두 장 물어주고
엄마와 개구쟁이 파이팅!

보일까

아지랑이 덮어 썼나
내가
안 보이나봐

비바람 황사에
나를
몰라보나봐

단풍잎 붙었는가
나를
잊었는가봐

목화꽃 서리 내리면
나를
알아볼까

돌아온 편지

단발머리 세라복
처음 입던 날
우수에 가득한 너의 눈망울
서광 빛나 내 가슴 뛰어들었지

너는 우등생
나는 너의 치맛자락에 매달렸지
어느 때고 젖어 있는 너의 눈동자
너를 매수하여 뛰어놀 때 기쁨
육년 세월 꿈결 같아라

호랑나비 따라
아침의 나라 저녁의 나라
몇 고개 넘었던가
극과 극의 희비애락을
회갑잔치 상봉으로
행복했던 여행
머리카락 같은 사연

편지로 한풀이 했었지

머리 서리 내리고
함박눈 뒤덮여도
눈물 콧물 흘리던 동무
너 하나 뿐
띄워야 되는데 보내야 되는데

새까맣게 쓴 편지
우주로 이사갔나
하늘의 구름 되었나
재 되어 날아갔나
다시 돌아온 편지
안 되는데 안 되는데

고목

방끗 웃는 해님 시샘하며
먹구름 찾아오네
자연의 법칙 기쁨의 보물
뿌려주네 수직으로 수직으로

아지랑이 향내 부르며
꽃피고 열매 맺어
수평 세상 좋구나

수백 년 고목 힘들었고
만년의 정자 이루려고
목화꽃 카펫 덮고
영역 넓히려고 땀 흘렸다고

홀로 서 있는 고목
천둥 번개 요란해도
미동도 안하는 고목
수평도 알고 수직도 안다

老子의 말씀

우울한 사람은 과거에 살고
불안한 사람은 미래에 살며
편안한 사람은 현재에 사노라
우울은 어리석음인가
자고나면 먹는 나이 후회만 먹는지
현재는 망각하면서
과거는 번갯불 이루고
우울은 칡넝쿨 되어 고목을 꽁꽁 결박하네
불안은 빙하가 녹색 되어 곰을 삼켜 버리면 어쩌나
화산이 용광로 되어 만물을 태워버리면 어쩌나
욕망과 망상으로 온 우주가 사라지면 어쩌나
불안한 마음 허망한 꿈꾸며 날밤 새우네
평화로운 아침 해님 불끈 솟아올라 빛내주며
저녁노을 함박웃음으로 달님 반겨주네
꽃피고 새 우는 풍년이 되어 좋은 세상 얼씨구
편안한 세상 현재에 감사하네
오늘은 언제나 온다
노자의 말씀 심어보자

나이를 먹는다

눈을 뜬다
시작의 하루가
또 먹어야지
자연의 섭리인 것을
먹었는데 왜 허전하지
안개를 마셨나
연기를 먹었나

찾는다
어디 갔지
어두워서 못 찾나
먹었다는 것을 잊었나봐
모두 먹었으니 사라졌지

하루가 끝났구나
눈을 감아야지
소꿉놀이 공기놀이 사방치기 줄넘기
깔깔대며 즐거움이 가득 차 오르네

내일의 먹거리는 무엇일까
고소한 맛일까
상큼한 맛일까
아니야,
오묘한 맛일 거야

나이를 먹어봐
향기로운 세상도 있다네

삶

용광로를 마시며 불태우던 시절
저녁노을 수평선에 가물대던 불빛
어두움은 나를 삼킨다
미수를 바라보며 내 발자취를 돌아 본다
두 손 불끈 쥐고 야망의 세계로
헤아릴 수 없는 희비고락도
꿀같이 달았던가
영지버섯 같이 쓰던가
환희에 빛나던 나의 삶이여

번개 같은 꿈도
순간의 실수도
내 탓이요, 내 탓이오
회한의 끝자락에 매달려
삶의 넋두리를 읊어본다

어두운 밤

꿀잠에서 깨어나 사방을 돌아본다
보이는 곳은 모두 어둠뿐이네
목 적시고 볼일 보고
또 단잠 찾아 보세

아직도 어둡네
세월이 적색 신호등에 걸렸나
푸른 등은 어디에 있나
동아줄로 묶어 놓았나 시간을

어두움에 젖은 허허벌판
길 잃은 나그네 헤메이네
내일을 찾아야지 밝은 내일을 향하여

세월

고소한 냄새 솥뚜껑 깨 볶는 소리
질빵 메고 차고 학교 가는 소리
원앙 이루어 춤추는 소리
하염없이 솟아나는 달콤한 맛
빨라야 되는 세상 달음박질한다
달구지 타고 기차를 바라본다
경사났네 경사났어
금의환향 이루어 황금만능시대 되었다

날마다 날마다 발전하는 지능과 재능
세상을 놀라게 하는 의식주
절약과 저축은 옛 이야기
신식에 도취되어 구식은 폐기하는 세월
도덕과 윤리를 잊은 세상
온 몸 불살라 살아온 세월
먹구름의 무지였나 보이지 않는 세월
허무와 허탈만이 너풀거린다

짐이요, 짐

생동감 넘치는 새벽시장
한 짐 잔뜩 진 짐꾼 소리친다
짐이요, 짐
검푸른 파도처럼 일렁이는 인파들
뒤돌아보며 길을 열어준다

오색찬란한 벚꽃축제 물결 속에서
나그네 워커를 밀며 외친다
짐이요, 짐
꽃잎 이고 진 흥겨운 무리들
미동도 하지 않는다

나그네 가슴 속 폭풍이 요동치며
있는 힘 다하여 힘껏 토해낸다.
짐이요, 짐
외로운 나그네 삶을 뒤돌아본다
분명한 짐은 짐인데

눈을 떠볼까

슬그머니 다가오는 나이
먹을수록 쓴 맛 나는 나이
절벽으로 앞이 안 보이네
모두 염려스러워 눈을 감는다

태극기 휘두르고 울부짖는 무리
만장기 높이 들고 제 올리는 무리
가면 쓰고 탈춤을 추네
장단 맞추어 널춤도 춘다

화해와 참회를 잊은 시대
탐욕과 욕망만 가득한 시대
절벽을 바라볼 뿐
눈물짓는 무용지물
나이 탓만 하네

제야의 종소리 들으며
눈을 떠볼까

거울

얼마나 닦아야 마음 거울 빛나나
모두 버려야 마음 빛나나
잘 태워야 오만이 사라지고
다 썩어야 종자가 이루어지나

얼어붙은 하늘 고드름 달고
허공 속 먼지 싣고 찾아오려나
얼마나 닦아야 또 닦아야
얼룩진 거울 웃어주려나

슬쩍 가면 돼

동창회는 희비고락의 무대
자아만족에 떠드는 친구
그늘진 미소로 조용한 친구
이 친구 저 친구 신경 쓰이면
슬그머니 빠지면 돼

국정 앞을 지나노라면
호기심에 우르르 몰려 들어간다
기대보다 흥미가 없으면
깜깜하니 아무도 모르게
가만히 나와 버리면 돼

즐거운 연회장에서
음악소리 북소리 샴페인 터지는 소리
요란한 소리 듣기 싫으면
살며시 가버리면 돼

홀로 거닐면 외로워지지

아니야, 연습해야 돼
갈 때도 조용히
슬쩍 가면 돼

시간

땡 땡 고요한 적막을 흔드는 소리
째깍 째깍 밝음을 안겨주는 소리
빛나는 시간 어디에 숨었나

근본인 삶 열심히 살았건만
무엇을 하였나 흔적도 없네
시간을 안고 허적을 노래 부른다

나머지 시간 오로지 나만을 위해
올인해 줄 수 있을까
쉬지 않고 흐르는 시간아
사랑을 다오

불가능

꿈을 그리며 찾아온 세상
넓은 바다 가르며 해가 솟아오네
웅장한 폭포 드높은 산천초목
희망을 안고 무지개 타고 왔지
걸어도 보며 뛰어도 본다
날으려고 갈망도 하였지
기쁨 먹고 슬픔도 마셔본다
야망과 욕망 물거품인 것을

지구도 세월도 삶도 돈다
희, 비, 고, 락도 숨바꼭질 한다
꿈에도 한계가 있나
삶의 대열에서 낙오의 맛을 느낀다.
해는 서산을 기웃거린다
천지가 요동하여도 오는 것 가는 것
또렷이 느끼는 불가능
나그네 붓을 들고 뒤돌아본다

흑자와 적자

기쁜 마음으로 배려를 했다고
생각을 하면
마음의 통장에 흑자로 쓰지
고마운 마음으로 배려를 받았다고
생각이 들면
마음의 통장에 적자로 쓴다

깃발 날릴 때는
통장은 가득한 흑자로 덮였지
세 발 짚고 저녁노을 바라보니
통장은 적자로 변했다

삶은 적자 인생이라고 하지만
나는야,
흑자 인생으로 살고 지고

겨울

살을 저미는 칼바람이 스치네
몸에 고드름이 달려도
흔들리지 않는 고목이 되어
편안한 쉼터로 품어주고 싶다

향기 품은 꽃
싱그러운 푸른 잎
불탔던 꿈의 시월이어라
영상에 추억으로 장식하고
한 폭의 그림으로 무지개 피어오르던 시절

몰아치는 혹독한 바람 고목을 흔든다
앙상한 가지에 매달린 마지막 잎새
첫눈 두려워 안간힘 쓴다
햇빛 용광로 되어 비쳐준다

사진

수정의 거울 속 비추는 사람
안녕하세요?
누구신지?
거울 속 인물 처음 보는 사람
세월 속에 변해버린 모습이어라

주마등 속에서 흔적 찾아보네
앨범 속에서 숨 쉬고 있는 삶
사랑했던 그리움 꿈 같은 세월
강물되어 바다를 이루네

아차!
영정사진이 없네
기품이 흐르는 우아한 모습
눈을 비비고 찾아봐도 없어라
고마운 분들에게 버선발로
웃으며 보듬고 싶어라
사진으로 답례를 하고지고

결혼기념일

십년이면 강산이 변한다는 세월
일곱 번이나 다가오고 있는데
꿈결 같이 천둥번개 치듯 지나가 버렸다
무에서 유를 창조한 한아름 둥지를 위해
책임져야 할 의식주 때문이었을까
다사다난한 희비고락의 탓이었을까
모래알 같은 많은 나날이 있었건만
결혼기념일이란 것도 잊어버리고 산 세월
해가 지면 달이 뜨듯이
시냇물이 강을 이루듯이
용광로에서 강철이 흐르듯이
누에고치에서 명주실이 나오듯이
골프의 홀인을 넣듯이
삶의 도리와 의무를 결승의 휘날레로 울렸던가
열과 성을 다해 충실이 살았음을 외쳐볼 뿐이지만
허적 같은 허무한 삶의 그림자뿐이지만
돌아오는 65주년 결혼기념일 어떻게 장식할까

밤에 피는 행운목

제야의 종소리 어둠에 묻혀 사라지네
새해 영시 만개된 행운목 나를 흔드네
요염함 화려함 향기로 뿜어대며
만인이 갈망하는 희망 사랑 피어오른다

봉오리 꽃 이루려는 산고의 고통
반짝이는 진주는 진통의 땀인가
책임을 다한 환희의 눈물인가
혼신의 힘 다함인가
꿀이 맺히네

칠흑 같은 밤 빛내주는 너
밝은 아침 수줍어 숨어버리는 너
은혜와 배려의 갚음인가
기품 잃지 않은 고고함

忠犬보다 더 진한 행운목
康寧 考終命 선사하려나

글로 간직하고픈 행운목
기억하리라 너 만을 너 만을 ……

오늘도 배운다

야, 신난다
돋보기 들고 배움터 찾는다
— 어디가?
— 공부하러
— 경로당에서 점심이나 먹지
등 뒤에서 비웃는 소리 일렁이네

성장은 멈추지 않는다고 했던가
시작은 늦은 것이 아니라 빠른 것이라고
늙음은 성숙한다고

붓을 들면 지혜가 번개 같이 솟아나다
즉시 사라져 물거품 이루지만

삶의 연극에서 막이 내릴 때
박수소리 들으려고
오늘도 증손주에게 전화를 돌린다
새로운 소식 배우려고

추억이 퐁퐁
솟아나는 옹달샘

이영순 수필&시

추억이 퐁퐁
솟아나는 옹달샘